AF465896

LE

SABRE A LA MAIN

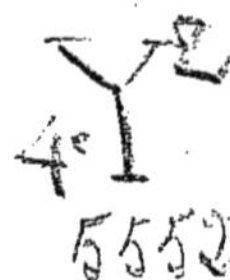

La procession gravissait lentement la côte. (P. 48.)

MARCEL LUGUET

LE SABRE A LA MAIN

ILLUSTRATIONS D'ALFRED PARIS

TOURS

ALFRED MAME ET FILS, ÉDITEURS

M DCCC XCIX

LE

SABRE A LA MAIN

PREMIÈRE PARTIE

I

La maison était sur la lisière du bois.

Tous les oiseaux du bon Dieu se donnaient rendez-vous chaque matin dans les branches avoisinantes.

Une belle route, d'un jaune rougeâtre, s'en venait tout droit devant : on eût dit qu'elle n'avait d'autre but, d'autre raison d'être, que de conduire à cette habitation unique dans ces parages; mais, par un coup de coude brusque sous les fenêtres, elle passait vers la gauche, pour se perdre en montant entre les sapins éternellement noirs.

A droite, avant ce changement de direction, il y avait un long vallon étranglé, fait de jardins sans arbres, et dont les lis, les rosiers, embaumaient aux beaux jours, attendrissant d'une suavité d'haleine très douce, aux parfums très subtils, l'âcreur puissante des sapins.

Elle était basse, la maison, d'un seul étage sous son toit de tuiles ressemblant à une légère capote de mousseline brune ruchée; elle était petite, simplette et vaillante, avec cette physionomie des choses honnêtes, de bonne humeur et de bonne santé, qui, de même que les gens pareillement doués, se donnent pour ce qu'elles sont tout uniment.

Ses ouvertures, les croisées et la porte, souriaient dans la façade à la manière des yeux et de la bouche qui n'ont point à dissimuler.

A mine aussi fraîche, pas besoin de voilette. Donc, aucun lierre, aucune clématite : la blancheur un peu rosée des murs rappelait la franchise, ainsi que la sérénité d'un visage dont le teint annonce, étant absolument net, la vie modérée, harmonieuse.

Derrière cette charmante petite personne de maison, s'étendaient quelques plates-bandes bien tenues. Plusieurs cerisiers ombrageaient une sorte de cour, entre une cuisine proprette et claire et une écurie habillée de verdures grimpantes.

Tous les matins aussi, peut-être encore plus ponctuel que les oiseaux du bon Dieu, un cavalier sortait par la cour, monté sur un grand cheval bai-brun, fin et osseux, bien en nerfs et bien en muscles.

Le cavalier prenait au pas l'avenue droite, qui filait, bordée par les sapins d'un côté, de l'autre côté par les jardins du vallon.

Alors une des fenêtres s'ouvrait, et encadrait un buste de femme occupée à envoyer de temps en temps de petits signes, de la tête et des mains, au cavalier, qui se retournait parfois sur sa selle pour lui en adresser de semblables.

Au moment où l'avenue, dont la maison avait ainsi devant elle la longue perspective, allait enfin se dérober, le cavalier et la sihouette de là-bas esquissaient un dernier geste.

Puis la fenêtre se refermait. S'étant un peu penché en avant, le cavalier sollicitait le haut cheval bai-brun, et ils disparaissaient au trot vers la ville.

Le plus souvent, la journée traversait le calme de ce petit bout du monde sans autre incident notable que le défilé de quelques charrettes avec leurs tintements grêles et lents de grelots.

Si l'on apercevait une demi-douzaine de piétons dans l'après-midi, c'était bien tout.

Pour varier la chanson ou les piaillées des oiseaux, on n'avait que l'Angélus, envoyé jusque-là par les clochers de la ville.

Le cavalier et la silhouette esquissaient un dernier geste.

La maison, elle, ne faisait pas beaucoup de bruit : une allée et venue de vieille bonne étendant du linge sur les buissons, un choc de seaux auprès de l'écurie ou le cliquetis mince des mors que l'ordonnance s'appliquait à gourmetter, le cri un peu las de la pompe quand on tirait de l'eau, des gloussements discrets de poules qui picorent, rien de plus.

Mais le soir, avant la tombée du soleil, la fenêtre se rouvrait.

Dans une toilette plus sombre, qu'avivait quelque nœud de ruban pour faire fête à celui qui allait revenir, la jolie distributrice des petits adieux du départ établissait ses coudes sur l'appui, et, l'oreille tendue, le regard au loin, jusqu'où l'on pouvait suivre la route, elle ne bougeait plus, patiente.

La bonne était dans la cuisine, remuant avec précaution des casseroles, tandis que le brosseur, au fond de l'écurie, empilait à bout de fourche dans le râtelier du foin et de la paille, garnissait d'avoine la mangeoire.

Les petits musiciens des branches s'étaient tus. Les poules étaient rentrées, déjà sagement juchées.

Un léger vent, très léger, à peine sonore, passait dans la sapinière.

Tout d'un coup, le grand cheval bai-brun et son cavalier débouchaient là-bas au trot allongé, la bête bien dans la main, l'encolure placée, l'homme incliné en avant sous la longue visière de son képi.

De la maison vers lui recommençait une courte télégraphie.

Bientôt un petit galop gaillard l'amenait jusqu'à la porte, qui semblait tourner toute seule sur ses gonds, en même temps que, vivement pied à terre, il jetait les rênes à l'ordonnance accourue, gravissait, leste, les deux marches du perron.

D'autres fois, lorsque le cavalier revenait avant midi, on voyait le couple prendre à pied, sur les deux heures, la montée de gauche, en se tenant par la main et en marchant avec une hâte d'écoliers à qui l'on a donné congé.

Il ne rentrait qu'à la nuit close, encombrait aussitôt toute la maison de brassées de fleurs des champs, de rameaux de verdure pillés aux arbres, de guirlandes ravies aux haies, de paquets de mousse; bref, d'une foule de choses répandant dans les pièces les odeurs fraîches et saines des prairies et des clairières.

Chaque soir, quand on avait dîné, le cavalier s'installait dans le petit salon, où sa compagne lui jouait au piano quelque musique familière, pendant qu'il fumait son cigare et parcourait ses journaux.

Tous les dimanches, au lieu du grand cheval bai-brun, un autre cheval, alezan, attelé à une pimpante charrette anglaise, sortait de la cour : ce jour-là on se rendait à la messe, en ville, où l'on demeurait même de temps à autre jusqu'au soir.

Au retour, en vrais campagnards qui font leurs provisions, on rapportait une quantité d'achats pour la semaine, et, en voyant revenir son monde, le sourire de la bouche et des yeux de la petite maison, qui avait été vraiment un peu seulette toute l'après-midi durant, paraissait s'accentuer, épanouir toute la façade.

II

Chaque jeudi, le marteau de l'entrée retentissait, invariablement à la même heure.

Au dedans, on savait ce que cela voulait dire.

Rangée autour du perron, à distance respectable, une bande de marmaille attendait, petits paysans pauvres à qui l'on faisait la charité.

Il y en avait de hauts comme la moitié d'une botte, de grands comme à peu près une canne ordinaire; de bruns aussi bruns que les broussailles d'épine noire avec lesquelles l'emmêlement de leur tignasse présentait une analogie; de blonds aussi blonds que la paille de froment; de joufflus comme de petits ballons gonflés à pleine peau, près d'éclater; de plats, si plats, si menus, qu'ils en étaient quasiment diaphanes; de bien campés comme des A majuscules sur leurs petites quilles; de ragots, de déjetés; et sur ces faces barbouillées, aux traits chétifs de petits hommes et de petites commères plus effrontés que honteux, dont l'effarouchement n'était en général qu'un calcul héréditaire, une habitude de prudence et d'indépendance passée instinct, sur ces frimousses mordorées à l'air vif des champs, égratignées par les ronces, les yeux brillaient, arrondis, en belles étoiles de jais qui surnageraient dans deux gouttes de lait, ou en pures pervenches effleurant la nappe cristalline d'une eau de source.

Ça ne jacassait qu'entre soi, avant et après.

Toutes les pantomimes étaient graves, bouffonnement sérieuses, affairées.

Toutes ces bouches s'ouvraient à la façon des coquelicots s'inclinant dans les moissons.

Tous ces petits nez se retroussaient, reniflant avec préoccupation, quelquefois avec les doigts fourrés dedans.

Les petites filles portaient à leur bras un méchant panier, dont elles préparaient d'avance le restant de couvercle en soulevant aussi l'anse unique ou la ficelle qui en tenait lieu, pour disposer dans le fond troué un vieux journal.

Les garçons tendaient déjà leurs blouses.

Derrière, c'était un alignement de talons que l'hiver rougissait au vif, que l'été tannait, trouant de leur pauvre peau les mauvaises chaussettes, les bas misérables, à moins que pétrissant la triste paille qui garnissait depuis des mois les galoches fendues.

C'était également, dans la portion masculine de l'assemblée, une exposition de fonds de culottes multicolores, quelques-uns d'une maturité excessive, dont un pan de chemise profitait pour s'affirmer au dehors.

Malgré ce niveau de l'enfance qui les tenait encore tous dans les êtres en formation, on distinguait déjà ceux qui seraient fiers-à-bras, celles qui seraient coquettes et finettes, ceux qui seraient toujours bonnes bêtes, ceux qui promettaient d'être avisés, madrés ou querelleurs, processifs si du bien leur venait.

Porteurs inconscients des marques de leur origine, fruits de pleine terre et de plein air, en qui tout dénonçait dès la prime verdeur les futures tares indélébiles, ils disaient tous l'abandon, l'indécrassable hostilité, le mauvais exemple qui règnent à la campagne, où il resterait à faire et à refaire sans cesse de véritables œuvres de mission.

Mais pour le moment ce n'étaient que de malheureux petits vagabonds, charmants et pitoyables.

Sitôt que la vieille servante venait ouvrir, un mouvement instinctif les rejetait en une première reculade, comme si, en dépit des réceptions précédentes, ils avaient toujours appréhendé quelque mauvaise farce, des pierres ou un pot d'eau, ou encore un balai dans leurs jambes, se jugeant bien capables, à la place des habitants de la petite maison, d'en faire autant. Vite, la déroute était suivie d'un élan contraire, après réflexion, quelques pas en avant, pendant que la domestique allait chercher sa maîtresse, qui répartissait elle-même ses aumônes.

Telle une troupe de moineaux guettant des miettes de pain, les mioches se risquaient les uns après les autres, défiants et excités.

Leur bienfaitrice leur apportait alors à chacun un gros quignon de pain, et tantôt des hardes, un peu de linge, des tricots, tantôt une paire de sabots, des mitaines, un fichu, une casquette, un alphabet pour l'école, un petit livre de prières et de cantiques, suivant l'âge et le besoin.

Rangée autour du perron, une bande de marmaille attendait.

En même temps, la vieille servante, sermonneuse de son naturel, d'un ton boudeur, s'évertuait à leur faire des recommandations ou des reproches, avec des mines d'avale-tout-cru, selon leur tenue, selon ce qu'elle avait appris par hasard de leur conduite; et, malgré les dénégations et les avis de sa jeune maîtresse, elle vantait la générosité de cette dernière, les exhortant rudement à la reconnaissance en des termes de menace qui faisaient écarquiller les yeux aux gamins, peu éloignés de la tenir pour une ogresse, voire pour l'authentique épouse de M. Croquemitaine.

Ils empochaient les cadeaux avec des regards sournois sur l'aubaine de leurs compagnons; les moins mal élevés et les moins sauvages murmuraient tout bas un merci très gauche, presque farouche; les autres serraient leurs lèvres sur leurs dents, pour ne pas rire de contentement.

Une fois, le cavalier revint de la ville au moment de cette distribution.

Il demeurait en selle à contempler les gars craintifs, éblouis par cet uniforme tout plein de beaux galons d'argent, en oubliant de présenter blouses et paniers pour recevoir leur part.

Et comme l'un d'eux, pétrifié, restait le bras pendant, une énorme tartine au bout, le haut cheval bai-brun, avançant le cou, flaira la tartine, finit par l'attirer à lui, l'ayant déjà entamée.

Le petit poussa un cri terrible.

Ce fut un effroi dans ces moineaux de village, qui s'éparpillèrent, n'osaient plus se rapprocher, à cause du grand cheval bai-brun.

Celui-ci les considérait, curieux, comme amusé de leur panique, innocemment égayé de l'effet produit par son entrée en scène.

Il aurait volontiers poussé la plaisanterie jusqu'à mordiller quelque bord de vieux chapeau sur la tête des petits bonshommes; mais il en fut distrait par le passage de Biquette, son amie, que la bonne ramenait de l'endroit où elle avait été attachée pour brouter.

Biquette était une chèvre toute blanche.

Elle dressa les oreilles, se mit à lever vers lui son museau rose, tandis que ses cils incolores tremblotaient sur ses prunelles, qui brillaient d'un luisant d'or verdâtre. Lui aussi allongea le nez de son côté, amicalement; et la chèvre toute blanche et le grand cheval bai-brun, se flairant, avaient l'air de vouloir s'embrasser.

La marmaille en profita pour décamper. Quelque part, le long des haies, on entendait sa fuite, comme des battements d'ailes de jeunes perdreaux qui s'enlèvent pour piéter un peu plus loin et se relever encore.

III

Elle avait d'ailleurs une histoire, cette chèvre.

C'était une enfant trouvée.

D'où venait-elle? A qui appartenait-elle? Où était-elle née? Autant de questions que l'on ne put jamais résoudre, malgré leur puissant intérêt.

Le plus grand mystère plana toujours sur son origine.

Elle-même assurément n'avait conservé aucune notion du toit familial, aucun souvenir de son lieu de naissance, de ses premières impressions d'enfance.

A cela quoi de surprenant? Quand on l'avait découverte, elle n'était encore qu'un infime et minuscule bébé de chèvre, même pas une petite biquette, mais un projet, un simple projet de petite biquette, ce qu'on aurait pu appeler une chèvre au maillot, si les mères chèvres avaient l'habitude d'emmailloter leur progéniture.

Cela ouvrait de pauvres yeux encore pâles et voilés, mal voyants, et frissonnait de tous ses petits membres grêles, ne connaissant rien de rien de ce monde; et cela chevrotait à peine.

Dans tous les cas, si elle n'était pas au maillot, la pauvrette, elle était bien au biberon, la chose ne fit aucun doute lorsqu'on lui présenta un linge imbibé de lait, qu'elle suça goulûment, de son bec rose; et elle y fut longtemps, au biberon, semblant apprécier singulièrement le lolo qu'on lui donnait. Mais elle s'accoutuma vite à boire toute seule, jusqu'à l'époque où elle parut en âge raisonnable d'être sevrée. Alors d'elle-même elle alla à la bonne herbe et aux jeunes pousses, elle tondit les rebords des fossés, tailla les haies, industrieuse à trouver sa vie.

Néanmoins elle fut toujours un tantinet coquette de sa robe d'un blanc merveilleux, ne détestant point qu'on procédât régulièrement à sa toilette, se câlinant sous le bouchon en chiendent qui lissait ses longues soies fines, se pavanant avec le joli collier qui faisait comme un velours noir sur la neige élégante de son cou, d'une exquise délicatesse.

C'était au grand cheval bai-brun que revenait en propre l'honneur de sa trouvaille.

Aussi n'était-il guère étonnant qu'il continuât depuis à se considérer comme ayant certains droits de familiarité sur Biquette, et qu'il se permît avec elle quelques menus jeux dont son excellent caractère, au reste, autorisait pleinement la réciproque de la part de sa toute blanche petite amie.

Peut-être même celle-ci, bien que l'aventure datât de son bas âge, avait-elle encore vaguement conscience qu'elle ne devait à aucun autre qu'à ce grand quadrupède, si haut, si imposant et si gracieux, de compter désormais au nombre des habitants de la petite maison, de jouir de leur existence paisible en ce bon air, dans le confortable d'une demi-liberté où rien ne lui manquait du nécessaire et du superflu.

Biquette aimait être gâtée : tout en elle, de sa mine, de son maintien, de ses chevrotements joyeux et de ses gambades, témoignait de sa parfaite satisfaction.

Qu'eût-elle donc montré de plus, s'il lui avait été donné de soupçonner qu'elle avait ainsi échappé à la destinée lamentable des jeunes chevreaux ses frères, qu'on immole pour en faire de tendres rôtis et des gants souples! ou qu'à tout le moins on lui avait épargné le sort précaire de ses pareilles, vaches des pauvres, dans l'étable au râtelier souvent vide de quelque chaumière!

Un soir de printemps, comme le cavalier revenait de la ville plus tard que de coutume, un peu avant d'atteindre l'endroit d'où l'on découvrait la petite maison au bout de la route toute droite, sa monture s'arrêta soudain sur le bord de la levée de terre gazonnée qui longeait le chemin du côté du ravin.

Qu'y avait-il donc?

L'officier porta son cheval en avant : celui-ci ne s'y prêta qu'avec lenteur, tournant la tête vers quelques pieds d'acacia. Son maître perçut alors un faible cri, comme un vagissement tremblotant; cela semblait partir des broussailles.

Il s'approcha, guidé par l'instinct du cheval, auquel il avait abandonné le soin de la direction.

Humant l'air au ras du sol, les oreilles en avant pointées rigides, le grand cheval bai-brun le mena à quelques pas de là, puis s'arrêta pour de bon.

Le vagissement continuait, plus distinct, à ses pieds.

Alors, intrigué, le cavalier descendit, chercha dans la pénombre, vit à terre une espèce de petit paquet blanchâtre, qu'il reconnut, en voulant le soulever, pour une biquette d'à peine une semaine ou deux.

Le cavalier prit dans ses bras la biquette.

La petite bête avait les quatre pieds liés par une ficelle.

Il explora du regard la route en avant et en arrière : elle était absolument déserte.

Quelque charrette de marchand, mal chargée, avait dû laisser glisser par derrière et tomber le pauvre animal sans que le conducteur s'en aperçût. Il y avait même peut-être un certain temps de cela, car on n'entendait au loin aucun bruit qui pût faire croire à un passage récent.

On ne pouvait cependant quitter là ce bébé de bête.

Le cavalier prit dans ses bras la biquette et se mit à marcher aux côtés du grand cheval, qui semblait approuver fort un tel parti ; et c'est de cette façon qu'ils gagnèrent la maison, où l'on était bien inquiet de leur retard, et où de la fenêtre, en les regardant arriver, on ne s'expliquait pas ce retour à pied.

On fit fête à l'enfant trouvée.

Mais il importait de rechercher à qui elle appartenait : pendant plus d'un mois on s'en enquit un peu partout. Une déclaration fut faite à la police, et une annonce insérée dans le journal de la ville. Personne ne s'étant présenté pour réclamer la chèvre, la petite maison du bord du bois résolut de l'adopter.

Elle s'en montra reconnaissante, en dépit de sa légèreté naturelle. Affectueuse, elle suivait ses bienfaiteurs comme un petit chien. On l'emmenait à la promenade. Il n'y avait que pour paître qu'on l'attachait, car elle n'avait pas le respect de la propriété, et elle eût causé d'affreux dégâts dans les jardins de lis et de rosiers du vallon. Sauf cela c'était, en effet, un ravissant petit animal, folâtre, mais doux et intelligent, dont la présence ne contribuait pas peu à égayer le pittoresque de cette habitation dans la solitude.

Il y avait là un contraste avec son entourage : appartenant à une espèce particulièrement indiquée pour les vagabondages de la misère, exclue de partout où se rencontrent richesse et bien-être, la chèvre ne symbolise-t-elle pas la vie errante, peu de raison, pas mal de folie, avec ses habitudes désordonnées, sa vivacité, son insouciance, qui font d'elle une sorte de gitana, la Esméralda des bêtes?

IV

Le *soufflant* de garde embouchait son instrument, sonnait à un maréchal des logis de semaine quelconque.

Il était tard. Les pansages finissaient, dans les escadrons. Quelques pelotons rentraient d'un service en campagne.

Debout, en face, le front contre la vitre, le colonel Livers regardait vaguement au dehors.

Un drôle d'endroit ce quartier de cavalerie, et bien original.

Situé sur une hauteur, il dominait cette ville frontière étendue dans la vallée des deux côtés de la rivière, qui serpente à travers des prairies fermeés par un cirque de collines au boisement formidable.

D'abord, même quand on avait gravi la côte qui y menait par-dessus des chutes d'eau, par-dessus tout un faubourg pittoresque de brasseries et de moulins, on ne le voyait pas, quoique à deux pas de lui, tellement basses en étaient les constructions, tellement aplaties et tellement bien tapies derrière une espèce de remblai. A peine avait-on franchi l'étroit boyau coupant d'un tournant ce remblai, on était dans une véritable petite ville ou plutôt dans un camp; car les bâtisses, toutes longues, toutes de simples rez-de-chaussée, pouvaient passer pour des baraquements.

Le *soufflant* de garde embouchait son instrument.

Aucun mur d'enceinte : rien que ces talus de terre gazonnée. Aucune porte : rien que cet étroit défilé entre deux corps de logis trapus, se faisant vis-à-vis, assez semblables à deux grandes guérites en pierre, et dont l'un contenait le poste de police ainsi que le logement des adjudants, l'autre la salle des rapports avec un petit cabinet de travail pour le colonel, une troisième pièce affectée aux officiers, et où était leur bibliothèque.

Puis, à mesure qu'on pénétrait, des pâtés de maisons et de maisonnettes, chambres, magasins, écuries, cuisines, infirmeries, cantines, ateliers, etc., avec de véritables rues et ruelles portant toutes, sur des plaques, des noms de batailles ou de généraux fameux dans l'histoire de la cavalerie. Et il n'y avait pas de cours, mais de véritables places, où se faisaient les rassemblements, où après la soupe du soir des groupes devisaient comme dans un petit bourg. Derrière, un vaste préau avec deux pistes, un manège couvert, un gymnase, des abreuvoirs.

Tout cela, sauf la couleur de la toiture en vieilles tuiles, rappelait un jeu de dominos semé capricieusement par un enfant.

Mais tout cela aussi avait à la fois une allure très patriarcale et très militaire, un air de guerre, un air d'alerte perpétuelle : on y sentait que les troupes n'étaient pas faites pour y demeurer constamment, qu'on ne demandait à ces constructions que de les abriter juste pour leur sommeil et l'indispensable des occupations sédentaires.

Il y avait loin de cette tournure vieillotte et vraiment martiale de l'ancien temps aux aspects poncifs et bourgeois de grandes gares qu'affectent nos casernements d'aujourd'hui.

Par hasard sans doute, étant à des centaines de kilomètres de Paris, si loin du mouvement, celui-ci avait encore été respecté, pour ne pas dire oublié. D'ailleurs, on se trouvait seulement à quelques lieues des Prussiens, pour lesquels, toujours en éveil, vivant en plein air, toujours dehors, très entraîné, campait plus qu'il ne cantonnait ce régiment de chasseurs appartenant à l'une de nos brigades indépendantes les plus avancées.

Le colonel Livers avait fini de ranger des notes, et il s'apprêtait à partir, retenu là quelques minutes encore par amusement à contempler la petite pluie fine qui fouettait les carreaux.

Pourtant il revêtit son caoutchouc, ramassa sur une chaise sa cravache et ses gants, sur un coin du bureau son képi, puis revint ensuite à la même place s'appuyer à la vitre, regardant encore la petite pluie sans bouger.

Mais vis-à-vis, devant l'autre pavillon, il suivit soudain le colloque du maréchal des logis de garde avec un civil qui entrait.

Coiffé d'un chapeau de soie de haute forme, couvre-chef peu usité en province, sanglé dans un pardessus à taille marron avec larges boutons de nacre, qui malgré une fatigue visible dénotait encore un bon faiseur, chaussé de brodequins vernis, pas de la première fraîcheur non plus, mais exactement ganté de neuf et muni d'un élégant petit parapluie, le nouveau venu, de figure jeune, plutôt chafouine que délicate, de manières très délibérées, n'était certes ni de l'endroit ni de la région.

Il parlementait de plus en plus vivement avec le sous-officier, agitant

Il parlementait de plus en plus vivement avec le sous-officier.

au bout des doigts une carte de visite, qu'il poussait avec obstination sous le nez de son interlocuteur.

Ce dernier, dans son manteau bleu au collet relevé, les mains cachées dans les fentes de côté, enflait le dos sous l'averse, imperturbable, essayant cependant de faire entrer le monsieur au corps de garde pour achever d'écouter à l'abri son explication tirée de longueur.

Le colonel ayant toisé l'individu de derrière sa vitre :

« Ça, c'est un journaliste, fit-il. Qu'est-ce qu'il veut? »

Bientôt le planton de la salle des rapports gratta à la porte, lui remit la carte.

Il lut :

« Gaston Létanche, du *Nouveau Télégraphe* et du *Petit Express Parisien.* »

Puis, au-dessous, au crayon :

« De la part de M. Maxime Livers, député. »

Le visage du vieil officier se rembrunit.

« Faites entrer! » ordonna-t-il.

Lorsque le visiteur parut, la physionomie du colonel Livers était redevenue naturelle.

« M. Gaston Létanche?... Que désirez-vous, monsieur? »

L'autre salua, nasillant avec des tics qu'il devait croire distingués et qu'il se donnait par chic de boulevardier vulgaire.

« Mon colonel, ainsi que vous l'avez pu voir par le bout de carton que j'ai eu l'honneur de vous faire passer, j'appartiens à la presse parisienne... Je suis de plus avocat, et secrétaire de M. Maxime Livers, le député bien connu, votre parent... C'est de la part de ce dernier que je prends la liberté...

— Hum! »

Ce *hum!* l'arrêta court; il sourit, crut devoir multiplier ses tics.

« M. Livers, il est vrai, prononça froidement le colonel, est mon parent. Mais comme nous n'entretenons ensemble aucune relation, je ne vois pas très bien... »

Il n'offrait point au jeune homme de s'asseoir, marquant par là son projet d'abréger l'entrevue.

« M. Maxime Livers, reprit le secrétaire en appuyant sur ses mots pour leur donner une signification toute particulière; M. Maxime Livers, dis-je, que sa grosse fortune et ses grandes influences, ainsi que les hautes sympathies dont il jouit dans le monde officiel, mettent à même d'obliger beaucoup de gens, suit actuellement avec un très vif intérêt les phases d'une affaire évidemment déplorable à tous égards et qu'on a peut-être d'abord un peu grossie : il s'agit de simples frasques de jeunesse d'un écervelé, un de vos parents communs à l'un et à l'autre, mon colonel...

— Ah! Mauguin, le sergent Mauguin!... Très bien! Alors ce sont de simples frasques de jeunesse, dites-vous... Mettons!

— Mon Dieu, mon colonel!... C'est, en effet, pour l'affaire Mauguin que M. Maxime Livers m'a tout exprès envoyé de Paris.

— Il est en prison, votre protégé, en attendant d'être jugé pour ses simples frasques de jeunesse, monsieur. Si vous tenez à le voir, adressez-vous à la place, à la justice militaire. Bien fâché, moi je ne peux rien. »

Sans se laisser décontenancer par l'ironie tranquille de l'officier, Létanche se récria :

« Permettez, mon colonel, permettez! je n'aurais point songé à vous déranger pour cela. Non, M. Maxime Livers m'a chargé de me mettre en rapport avec vous pour solliciter de votre bienveillance, tâcher d'obtenir de votre haute gracieuseté, de votre autorité bien connue...

— Quoi donc, monsieur?

— Peut-être sera-ce vous, mon colonel, qui serez appelé à diriger les débats du conseil de guerre...

— Et alors même, monsieur?

— Si du moins il est en effet trop tard pour arrêter l'affaire, en vous souvenant d'une part, mon colonel, que ce jeune Mauguin, qui n'est pas un méchant garçon...

— Pas un méchant garçon, mais un voleur, soit! Ensuite?

— Et d'autre part que s'il est un peu votre parent, après tout, par Mlle Mauguin sa tante, M. Maxime Livers est, lui, votre cousin germain, il me semble qu'avec un peu de bonté, une compréhension large des choses, à ne considérer que l'indulgence à laquelle certains entraînements malheureux peuvent avoir droit, à ne faire appel dans tout ceci qu'à l'esprit de famille qui anime M. Maxime Livers et lui inspire cette démarche vis-à-vis de vous, mon colonel... »

Un pâle sourire passa rapidement sur la figure de celui-ci, en entendant

Le journaliste disparut, pataugeant dans les flaques.

parler de l'esprit de famille qui animait son cousin germain, lequel depuis quinze ans et plus s'était parfaitement passé de le voir ou même de correspondre avec lui.

« Inutile, monsieur ! dit-il. Ce qui devra être fait sera fait, par moi ou par d'autres, peu importe, mais sera fait, n'en doutez pas. Si le sergent Mauguin est coupable, on le condamnera. Voilà tout. Il n'y a pas à aller contre. Tous mes regrets, j'ai bien l'honneur... »

Tenace, ne voulant pas comprendre qu'on lui donnait congé, l'ambassadeur du député essaya de prolonger les négociations.

Ce fut avec des soulignés significatifs dans la voix et des battements de paupières d'un sens peu équivoque qu'il débita tout d'une haleine :

« M. Maxime Livers, enchanté de saisir cette occasion pour se rappeler à votre bon souvenir, mon colonel, m'a vivement recommandé de vous exprimer combien il vous sera reconnaissant. Et, tout en me chargeant de ses meilleures amitiés pour vous et de ses respectueux hommages ainsi que de ceux de son fils Léopold pour mademoiselle votre fille, il me priait de vous faire remarquer qu'ayant la bonne fortune d'être l'ami intime du ministre de la guerre et de disposer de quelque crédit dans les bureaux de l'état-major général et à la direction de la cavalerie, par une délicatesse toute particulière il avait tenu à s'adresser d'abord à vous... »

Le colonel se dandinait légèrement, patient et d'une imperceptible moquerie, curieux de voir jusqu'où irait l'aplomb du jeune secrétaire, jusqu'où porteraient ses insinuations, à quel point il engagerait ses marchandages.

Cela lui parut suffisant. Il suspendit alors seulement, d'un geste, cette éloquence perfide, et déclara du ton le plus naturel, très catégoriquement :

« Eh bien, monsieur Létanche, vous voudrez bien dire à M. le député Livers que je suis infiniment sensible à cette attention d'avoir commencé par moi, et je compte sur vous pour lui expliquer, ainsi que je viens d'avoir l'avantage de le faire avec vous, que, même présidant le conseil de guerre, je ne pourrais que suivre l'inspiration de ma conscience et de celle de mes assesseurs pour appliquer la loi. Encore moins m'est-il permis d'intervenir auprès de quelque autre. Excusez-moi, je vous salue. »

Il avait ouvert la porte. Penchant la tête au dehors, il cria :

« Mon cheval ! »

Un homme le lui amenait.

Le colonel Livers mit son capuchon, enfourcha la bête, laissa M. Gaston Létanche (du *Nouveau-Télégraphe* et du *Petit Express Parisien*) ouvrir son élégant parapluie en pataugeant dans les flaques, — et disparut.

V

« Qui est-ce ? » bâilla-t-on du fond d'un grand lit de milieu, qu'on soupçonnait seulement dans l'ombre de la chambre.

Cette question fut suivie d'un grognement qui n'avait rien d'humain.

« M. Létanche ! » murmura une voix de domestique.

Le dormeur grogna de nouveau et dit, sans paraître cesser de dormir :

« Ah!... Gaston!... Oui,... qu'il vienne. »

Et une certaine bonne volonté, sans doute aidée de quelque habitude, était indispensable au valet de chambre pour comprendre le sens de ces mots bafouillés comme par un enfant qui parlerait en mangeant de la bouillie.

Le journaliste-avocat-secrétaire fut bientôt dans la pièce.

« C'est moi, » annonça-t-il.

Pas de réponse.

« Léopold! »

Silence complet.

« Comme c'est amusant! » monologuait Létanche à la recherche d'un siège dans cette obscurité avec laquelle il commençait à se familiariser un peu.

Soudain les couvertures s'agitèrent; un accent dolent et traînard, adopté par l'interpellé désireux de marquer un progrès sur sa façon de s'exprimer tout à l'heure avec son domestique, articula tant bien que mal :

« Asseyez-vous, Gaston..., nous allons causer.

— Causer! persifla l'autre. Quelle prétention de votre part! En êtes-vous seulement capable? »

Il ne se flattait évidemment pas d'obtenir une réplique, car il poursuivit :

« Le cas me paraît clair : nuit de bac intense, lac sinistre, rentrée de vos débris il y a deux heures à peine, marasme verdâtre. Et papa, le patron, M. Livers? »

Léopold regrogna.

Ce fut tout pendant quelques minutes.

« Et moi, remarqua Létanche, qui arrive tout droit de la gare ici pour rendre compte! Une autre fois je me presserai moins. J'ai quinze heures d'express sur le corps, moi, si vous avez une nuit de rinçage, beau décavé. »

Nouveau silence, rompu à l'improviste par cette exclamation du jeune Livers au beau milieu de son sommeil :

« Gaston, causons, hé! »

Mais Gaston vit bien que Léopold s'empressait, en balbutiant cette invitation machinale, de replonger dans les régions les plus sous-marines de l'intellect. Il se mit donc à rouler une cigarette, et tout en l'allumant, sans plus s'inquiéter de cette épave qui gisait dans le lit de milieu, pressa sur une sonnerie électrique.

Létanche se mit à rouler une cigarette.

Le valet de chambre revint.

« Y a-t-il du chocolat, quelque chose, Constant? J'ai roulé depuis hier soir sans rien prendre.

— Je vais m'informer à l'office, » murmura Constant, fait au sans-gêne du secrétaire.

Non seulement Léopold ne remuait plus, mais sa respiration, qui luttait avec le battement régulier de la pendule, menaçait de tourner au ronflement.

Alors, très à son aise, Létanche enleva son fameux pardessus à taille, se débarrassa de sa jaquette et de son gilet, ôta sa cravate, pénétra dans le cabinet de toilette, où l'électricité brilla aussitôt après. Un bruit de cuvette, de flacons, annonça que le journaliste était en train de procéder à quelque débarbouillage et de mettre à contribution la parfumerie du fils de son patron.

Léopold appela subitement :

« Létanche! »

Pomponné, cosmétiqué, Létanche accourut, puis, sur l'ordre qui lui en fut donné, ouvrit les deux fenêtres, ce qui fit hurler l'autre, bien qu'il s'attendît à cette invasion de la clarté. Livers junior semblait pris de convulsions sous cette avalanche de soleil. Ses yeux frottés de chaque poing, il tenta de fixer le complaisant Gaston. A peine l'eut-il aperçu :

« Létanche! fit-il avec désespoir, vous m'avez encore chipé une de mes chemises plissées! »

Le secrétaire, qui embaumait le cherry-blossom, haussa les épaules, fort occupé à se faire les ongles. Néanmoins il daigna répondre :

« Il n'y a que celles-là qui m'aillent, vous savez bien, mon cher!

— C'est heureux, ma foi! autrement tout mon linge y passerait, soupirait l'infortuné.

— Franchement, voyons, vous ne voudriez pas que je me présente fait comme un voleur devant votre père, avec une chemise toute fripée! Je vous la rendrai quand je l'aurai donnée à la blanchisseuse.

— Oui, comme les autres! »

La réflexion ne parut pas à l'avisé jeune homme digne d'être relevée.

Il refit avec sérénité son nœud de cravate, reprit ses vêtements comme Constant apportait le chocolat requis.

Lorsque le valet fut sorti, Gaston demanda :

« Où mettez-vous vos mouchoirs?

— Il vous en faut un, encore!

— Dame! puisque je n'ai pas pris le temps de passer chez moi. Où cela les mettez-vous?

— A droite, en haut..., le premier tiroir..., dans le meuble en thuya, en face, gémit Léopold, la mort dans l'âme.

— Je vous le ferai remettre avec la chemise.

— Oui, oui, je sais, je n'ai pas peur de ça! »

Et tandis que le parasite avalait avec délices son chocolat, après avoir semé au travers de la pièce, dans ses nombreuses évolutions, de violentes senteurs dont l'odorat de Léopold ne reconnaissait que trop la provenance, le fils du député éclata :

« Létanche! voulez-vous que je vous dise! vous n'êtes qu'un rasta, un abominable rasta!... Je parierais que tous mes flacons sont aux trois quarts vides. La semaine dernière, vous m'avez consommé pour quatre louis d'impérial russe!... Et mes petits fers, mes petits fers à friser les moustaches, où sont-ils? tous chez vous!... Un de ces jours, j'irai faire une perquisition. Ça ne peut pas durer. Vous me barbotez mes gants sous prétexte que nous avons la même pointure, vous m'étouffez mes cravates quand leur nuance vous tape dans l'œil, vous me ratissez mes boutons de manchettes, vous me refaites mon linge. C'est infernal! »

Peu ému, le coupable se contenta de dire :

« Vous avez perdu encore plus que je ne supposais, cette nuit. Ça doit aller au moins... au moins à quatre cents louis?

— Et cent de plus avec, » avoua Léopold.

Le secrétaire eut un claquement de langue.

« Tout de même! fit-il. Cet imbécile de Mauguin qui s'est fait coffrer pour trois malheureux mille francs, lui! »

M. Maxime Livers fit son entrée.

Il était grand et fort, non pas gros, mais gras, point habillé comme un vieux beau ou comme un millionnaire aux soixante ans fashionables, mais très surveillé dans sa tenue de député riche et ministrable, avec une belle tête de premier président de cour d'appel, aux favoris d'un gris très noble, aux sourcils épais, et sur laquelle stationnait en permanence une expression de fierté bienveillante et rusée.

Il avait la parole un peu grasse comme sa personne, aisée, de tournures poncives, rappelant le langage des journaux et du parlement.

On sentait en lui l'homme des complaisances et des coups d'autorité, doué pour les affaires, tout aux amis, implacable dans la rancune de ses déplaisirs.

Souriant, auguste, banal et guilleret, l'air pratique de quelqu'un de bien armé pour la vie de spéculations et de politique, c'est-à-dire de quelqu'un de lucide, qui a bon estomac et mauvais cœur, le député considéra d'un regard complaisant la paresse de son fils. Et ses yeux allèrent du visage de Léopold, intelligent, plutôt sympathique, mais lâche et bouffi par la fatigue, à un petit tas d'argent et de jetons de cercle, qui traînaient avec des clefs sur le marbre d'une commode.

Cependant il ne fit aucune remarque, se contenta d'interroger son secrétaire en se tirant les favoris :

« Eh bien, Létanche, ce bon cousin, vous l'avez vu?

— Rien de fait, rien à faire. »

M. Maxime Livers, profondément vexé, sourit davantage :

« Incorruptible, alors?

— Un peu, patron! »

Et Létanche narra son voyage, l'entrevue de là-bas, avec des mots féroces pour le colonel, heureux de se rattraper.

Le père et le fils se regardèrent.

« Vous avez vu le préfet? demanda le député.

— Naturellement.

— Et qu'est-ce qu'on dit de ce bon cousin, à la préfecture? qu'est-ce qu'on en pense?

— Que c'est une espèce de sauvage, un clérical : il va à la messe tous les dimanches.

— Nous ne l'oublierons pas, Létanche. Il faut me préparer ce matin les petites notes nécessaires, puisque ce cher cousin ne veut pas passer général. »

Le signe de tête empressé par lequel Gaston répondit prouvait que là-dessus on pouvait compter sur son zèle, que stimulerait la joie d'avoir à exercer une vengeance personnelle.

Mais Léopold, qui avait réfléchi, intervint :

« Létanche est un nigaud! » fit-il.

L'autre voulut protester.

« Un doux nigaud! renchérit le jeune homme.

— Comment cela? questionna M. Livers, qui avait une certaine confiance dans son fils, malgré sa dissipation et son apparence de gommeux inutile.

— Moi, déclara carrément Léopold, si je m'étais chargé de l'affaire, je ne serais pas reparti sans avoir vu la petite cousine.

— Hé! hé! gloussa le père approbatif, en amincissant son sourire bienveillant et rusé.

— Les femmes, continuait Léopold, ça a toujours le cœur facile à émouvoir avec des histoires, et j'aurais laissé de quoi joliment tracasser chez lui ce vieux colon, après mon départ, en me faisant une alliée de la fille, que je ne connais pas d'ailleurs et dont je me soucie comme d'une guigne.

— Ça c'est une idée! J'aurais dû t'envoyer.

— Merci bien! Je le dis maintenant, mais quelle veine qu'on n'y ait pas songé!

— Ce n'est pas, confessait avec bonhomie le député, que je me soucie énormément de ce Mauguin; il a fait le sot, il payera. Mais j'étais bien aise d'utiliser l'aventure pour renouer avec le colonel, au besoin de l'obliger, s'il s'était montré traitable. On n'est jamais fâché d'avoir un général dans sa famille, et puis on ne sait pas... Enfin, n'en parlons plus. Mais je me souviendrai! »

VI

Cependant la petite maison vivait, paisible, toujours avenante.

Et les petits oiseaux de Dieu chantaient autour d'elle.

Ce n'était pourtant pas, comme on pourrait le croire, deux jeunes mariés cachant leur bonheur dans une solitude qui l'habitaient, mais le père et la fille.

Et c'était quand même leur bonheur qu'ils cachaient là, en même temps que leur modestie : la modestie très digne d'une vie limitée par les seules ressources de la solde, en attendant la retraite, qui les restreindrait encore.

Le colonel Livers n'avait aucune ambition, comptait se retirer ici même, où il résidait depuis près de cinq ans. En prévision de ce moment, il s'était rendu acquéreur de la *maison du bord du bois,* comme on l'appelait dans le pays, pour y finir ses jours.

Marthe se marierait : il n'aurait pas eu l'égoïsme d'imposer à sa fille ce mode d'existence un peu mélancolique, à la campagne, avec lui seul pour unique tête-à-tête. Elle épouserait quelque jour un officier sérieux, pas bien fortuné, comme lui, mais honnête et brave, travailleur, tel qu'il en connaissait dans son régiment. Aussi gardait-il scrupuleusement la petite dot qu'il leur faudrait, avec la conviction que cela se présenterait à son tour dans la série des événements.

Pour l'instant, de même que la compagnie de Marthe lui suffisait, de même Marthe ne souhaitait que celle de son père, de ce père qu'elle n'avait jamais quitté depuis sa sortie du couvent, où l'on avait dû la mettre très jeune, dès la mort de sa mère survenue quand elle était encore toute petite fillette.

Lui, ses cheveux ras déjà presque tout blancs, assez grand, élancé, ayant encore sa taille de sous-lieutenant, avec de fines moustaches qui semblaient toujours sortir d'hier de Saumur, identifiait le type du soldat intelligent, peu compliqué, courtois, d'une fermeté à toute épreuve, d'une vigueur indomptable, et avec cela, dans une teinte de tristesse, aimant la méditation, le recueillement pour l'action. Ces goûts de se concentrer, l'austérité naturelle à ses tendances intimes, n'apparaissaient au dehors que sous la forme d'une grande douceur, signe de force, sous des façons posées et placides, marque de la vraie promptitude, de la vraie décision, chez les tempéraments de cette sorte.

La jeune fille, tenant de lui une gravité précoce avec ses vingt-deux ans, avait une tête expressive par l'ingénuité à la fois très jeune et un peu majestueuse des yeux et de la bouche. L'ensemble sincère des lignes et des modelés dégageait un effet général de poésie de ce visage où rien n'était que de simple, d'absolument pur; un de ces profils bien découpés et un peu minces qu'on rencontre parfois chez ces jolies Bretonnes, dont le teint a le rosé des fleurettes de bruyère, la prunelle noire tout un mystère d'espace où, sous la nuit qui tremble, les landes sont si fuyantes, les touffus d'arbres séculaires si remplis de rêves.

Née là-bas, aux tièdes brises qui passent sur les mousses des futaies et font éclore, à côté, les papillons d'or au vol immobile des genêts, et des

Le soir, ils veillaient ensemble.

peuples de renoncules, de jonquilles, de marguerites; fleur elle-même de ce sol, entre la violette et l'églantine, dont les parfums ont en ces coins de la Bretagne printanière et souriante une nuance d'arome qu'elles n'ont pas ailleurs, elle avait conservé de la vieille contrée, où cependant elle n'était jamais revenue, comme un reflet du charme attendri et solennel donnant là-bas, çà et là, même à la terre, même au granit, le coloris de ses aurores et de ses crépuscules, sous lesquels tout semble toujours s'éveiller en priant, prier en s'endormant, et frémir longuement, passionnément, naïvement, des secrets de l'infini, des gloires du Créateur.

Et sa voix, timbrée de sonorités comme lointaines, comme vibrantes de la faible mélodie qui dit à l'horizon, dans les clochers perdus derrière les feuillages moutonnants, qu'il est une paix des âmes, une sécurité des esprits, une fraîcheur dans la pensée, évoquait le souvenir de ces tintements légers, aériens, venus jusqu'au voyageur du haut de quelque église invisible, par-dessus le désert des campagnes.

En elle demeurait la jeunesse du vieil officier : la regarder, pour lui, c'était relire ses pages toutes neuves de quand il commençait sa course dans la carrière. Il s'y revoyait, et il y revoyait une autre...

Alors il vérifiait combien il est certain que nous avons en nous les morts, que nous sommes faits d'eux, que nous les continuons, qu'ils nous animent encore beaucoup plus que nous ne les faisons revivre.

Alors son affection pour Marthe s'exaltait d'une vénération adressée à la mémoire de la compagne défunte, dans la personne de celle qui la survivait.

Et il y avait entre eux, en plus de ces deux tendresses paternelle et filiale, qu'ils échangeaient sans que rien leur pût en prendre la moindre part, une estime forte lui remplaçant, à lui, celle qu'il attribuait jadis à sa femme, la solidarité mutuellement satisfaite de deux associés se devant les jours heureux du passé et du présent, comptant l'un sur l'autre pour ceux de l'avenir.

Le colonel avait pour sa fille une admiration profonde. Il lui reconnaissait une raison supérieure, d'autant plus méritoire que la possession de cette grande qualité ne contraignait de la jeune fille ni sa grâce, ni son élégance, ni tout ce qui faisait sa souplesse et le charme de sa vertu féminine.

Ménagère entendue et infatigable, Marthe n'en restait pas moins mondaine comme il fallait, alliant à sa mélancolie native un certain entrain, de certains enfantillages, qui ne la gâtaient nullement de leur disparate.

Elle ne cherchait qu'une chose : adoucir au vieil officier la perte dont il ne s'était jamais consolé, l'âge qui lui venait, rendant plus amers tous ses regrets, et les désavantages d'une situation précaire.

Le père et la fille, se devinant leurs intentions réciproques, redoublaient d'efforts, de touchantes et pieuses prévenances.

Ils étaient donc bien les deux amoureux pour lesquels on aurait pu les prendre, à les voir ainsi se quitter le matin et se retrouver le soir, ou à les rencontrer tous les deux, errant bras dessus, bras dessous, dans les sentiers perdus de la forêt.

Et quand ils veillaient ensemble dans le petit salon, tantôt bercés par les grandes ventées d'automne ou d'hiver, qui faisaient ronfler les ramures de la sapinière comme des tuyaux d'orgue, tantôt accompagnés dans leurs dialogues lents et leur contemplation des nuits de lune en mai par les chants du rossignol, nul n'aurait pu rencontrer sur cette terre deux cœurs plus parfaitement unis, plus intimement dépendants l'un de l'autre, plus reconnaissants du bonheur qu'ils se donnaient, moins préoccupés de tout ce qui pouvait bien s'agiter d'espérances, de convoitises, de désirs, d'intrigues, autour d'eux. Aucune de leurs conversations ne prenait pour texte les défauts ou les infirmités d'autrui, en sorte que rien ne pénétrait que de bon, que de normal, de sain et d'agréable dans ce petit salon.

Au reste, leur sérieux et leur isolement n'excluaient point chez eux une gaieté calme, parfois des enjouements, provenant du sentiment de leur harmonie, de leur satisfaction continue d'êtres qui savent ne pas exiger plus qu'ils n'ont, et se font un devoir d'accomplir consciencieusement leurs destinées selon le cercle tracé par leurs moyens conformes à la sagesse de Dieu.

Certes, le colonel Livers n'avait point élevé sa fille en sauvage, s'étant au contraire gardé d'exagérer en elle ses propres instincts de silencieux développés par les circonstances. Ils ne se dérobaient de parti pris l'un et l'autre à aucune obligation sociale, faisant les visites nécessaires à de raisonnables intervalles; et dans le beau printemps ou durant l'été, lorsque les officiers avec leurs femmes venaient, sur l'invitation du colonel, passer une après-midi à la maison du bord du bois, Marthe faisait gentiment les honneurs de cette petite thébaïde forestière.

Par conséquent, en eux, tout était parfaitement équilibré.

VII

Sous l'ombrage des cerisiers, que dominait, plus épais, l'ombrage des grands sapins, dans le fond de la cour prolongée sans presque de transition par le sol herbeux et moussu de la lisière s'étageant comme afin de former là un petit amphithéâtre, des rires fusent, des propos se croisent. Claires, de nuances pâles ou vives, des toilettes entre les branchages bas sont, pour ainsi parler, grillagées par ces feuilles vertes, et quelques tenues d'officier, voyantes, passent et repassent, mises en valeur dans l'environ des verdures sur lesquelles elles se meuvent avec leurs argents qui miroitent, le fracas de leurs rouges et la tendresse moelleuse des bleus soutachés de noir.

Les éventails papillonnent sur place, étonnant de leur envergures d'ailes les mouches qui bourdonnent monotonement dans l'air chaud.

Des bottes de fleurs qu'on est allé cueillir aux alentours, en y ajoutant la moisson des plates-bandes, sont dans les robes des dames, sur leurs genoux.

Des quinze personnes qui se trouvent réunies, les unes ont de grands fauteuils rustiques où elles s'allongent en aspirant à pleins poumons les essences qui circulent; les autres ont choisi, pour s'asseoir, le gazon; d'autres vont, viennent, se mêlant aux divers groupes, auprès d'une table où, dans la faïence d'énormes corbeilles blanches à filets dorés, s'étalent des monceaux de cerises saignantes, avec, à côté, des rafraîchissements et des pâtisseries, des crêmes et des jattes de lait.

Toute cette société se repose de la ville, du monde, de leurs conventions, prend un ébat champêtre.

Biquette promène sa robe blanche parmi les jeunes femmes et les officiers.

Elle va, sans la moindre timidité, brouter les bouquets dans les girons, fixant l'or vert de ses prunelles sur les physionomies, frottant son front voluptueusement contre les surahs ou les foulards des jupes.

De temps à autre, quelqu'un des petits chiens de ces messieurs, terriers ou carlins, la provoque : on assiste alors à de véritables tournois. Les chiens jappent, la chèvre bondit, se plante, arc-boutée, et fait tête, tandis que son adversaire décrit une foule de cercles autour d'elle. La chèvre se

Les chiens jappent, la chèvre bondit.

cabre, tout debout; les chiens font mine de sauter après. Elle reprend terre, fond sur eux; ils se dispersent, puis la poursuivent, toujours jappant.

Les rires redoublent; on excite les combattants en applaudissant l'impromptu de cet intermède dans la fête des cerises que l'on célèbre chez le colonel, selon la coutume de chaque année.

A voir ces gens bien élevés et sans contrainte, enchantés comme des enfants de cette partie de campagne, racontant des choses simples, ayant tous les signes manifestes dans leur langage de beaucoup de bonté, de beaucoup de jeunesse, de beaucoup de bonne humeur, on ne se dirait pas que voilà les fameux traîneurs de sabre, les soudards qu'on nous montre comme une monstruosité de cet âge civilisé. On ne se douterait pas qu'ils n'aiment que la force et la violence, ne vivent que pour la guerre, les tueries; rien chez eux ne trahit ces brutalités, cette étroitesse d'esprit, selon lesquelles on les représente banalement.

Peut-être même, moins que tous les autres, ont-ils au milieu de leurs délassements la préoccupation et l'argot de leur profession. Sans affecter des candeurs de bergers d'idylle, ils ont le naturel qu'il faut, exempts d'arrière-pensée, trop loyaux pour n'avoir pas aussi la sincérité de leur plaisir. Ces cerises les tentent, ils les croquent; cette chèvre et ces toutous les amusent, ils en rient; cet air chargé de résine, embaumé par les herbages et les floraisons, leur semble délicieux, ils le respirent, et ils le respirent tant qu'ils peuvent. Voilà tout. Ils ne sont pas parfaits, mais ils sont très hommes, infiniment plus humains qu'une multitude de philanthropes patentés.

Une estafette, bride abattue, viendrait-elle tout à coup leur dire qu'il faut monter à cheval pour se porter à l'ennemi, ils s'en iraient voir si on a sellé, vérifieraient les paquetages et partiraient. Y a-t-il un incendie qui menace de devenir un véritable désastre, ils y vont; une inondation, ils y sont; des routes à débloquer dans les neiges pour porter des vivres et secourir des populations de la montagne, ils s'y emploient; des émeutes à prévenir, ils en supportent tous les ennuis, quelquefois recevant des pierres de ceux pour qui la veille ils donnaient leur obole. Demain, ce sera leur sang qu'ils donneront, pour que les mêmes gens conservent un toit, aient toujours leur usine, restent Français. Ils sont la bravoure et ils sont la charité. C'est ce que de farouches citoyens ne leur pardonnent pas; et qui sait si un Gaston Létanche, en les apercevant en train de faire la cueillette aux cerisiers, n'aurait pas aussitôt conçu la rhétorique d'une diatribe contre les loisirs de cette « soldatesque », pour article de tête du *Nouveau Télégraphe* ou du *Petit Express Parisien?*

Eux n'avaient nul souci de tous les Létanches du monde. Les jappements de leurs terriers et de leurs carlins les intéressaient plus que les aboiements de ces braves noircisseurs de papier à tant la ligne. Ils ne pouvaient qu'être fiers qu'on criât qu'ils étaient soldats et chrétiens, puisque c'était la vérité.

Marthe, toute ravie de son petit royaume, fée alerte, y semblait donner d'invisibles coups de baguette, pour qu'à un moment de gaieté succédât un autre moment de gaieté.

La bonne s'en vint par l'allée du milieu, dit :

« C'est un monsieur de Paris, qui demande à voir monsieur et mademoiselle. »

Le colonel y allait voir ; il rencontra dans le vestibule un jeune homme qui s'inclina, murmurant :

« Léopold Livers, mon colonel!... »

Et le père de Marthe, quoique le souvenir du journaliste-secrétaire se dressât soudain entre lui et son jeune parent, ne put s'empêcher de lui tendre la main, tant la figure de Léopold lui parut empreinte de franchise et de cordialité.

Il amena le nouveau venu à sa fille, le présenta également à la compagnie; Léopold, sans s'y appliquer, réussit tout de suite à plaire encore plus que son parasite Létanche n'aurait déplu, ce qui n'est pas peu dire.

Lorsqu'elle l'avait vu paraître, Marthe l'avait deviné, et la rencontre de leurs deux regards fut certainement pour quelque chose dans l'attitude du jeune homme, profondément étonné de trouver une cousine si différente de ce qu'il s'était volontiers imaginé, grâce à l'influence caustique de Gaston.

La visite du fils du député était le résultat de la diplomatie du secrétaire : M. Maxime Livers tenait à servir Mlle Mauguin, la vieille demoiselle disposant d'un certain crédit dans la localité représentée par lui. Or Léopold, momentanément dans de grands besoins d'argent, avait cédé aux instances de Létanche, qui s'était ingénié à lui présenter ce déplacement et cette démarche personnelle en faveur du sergent coupable comme un moyen de contracter un nouvel emprunt sur la bourse paternelle, se chargeant d'y préparer « le patron », comme il disait, en l'absence de son ami.

Léopold était donc parti avec l'intention de plaider à son tour, auprès du colonel, surtout auprès de sa cousine, la cause du sous-officier.

Pourtant, demeuré seul avec eux, après que le break du régiment eut remmené tous les invités, à la fin de la journée, il n'en dit pas un mot. Ce fut le colonel qui en parla de lui-même, sans constater autre chose chez le jeune homme qu'une extrême réserve.

Revenu à l'hôtel où il était descendu, Léopold s'avoua qu'il avait été pris de court par l'aspect inattendu de Marthe et qu'il faisait décidément un pauvre négociateur.

Ensuite, combien de temps passa-t-il à suivre le courant de la rivière ?

Il s'en voulut un peu, mais sans trop regretter l'aventure après tout, se promettant de n'en rapporter à son père et à Létanche que ce qui suffirait pour qu'on lui sût gré d'avoir accepté cette mission. S'il ne retourna pas à la petite maison le lendemain avant de reprendre le train, il eut toutefois quelque mérite à s'en empêcher; car le plaisir de revoir la jeune fille, dont l'impression en lui opérait un bouleversement d'idées vraiment incompréhensible, lui suggéra à maintes reprises la tentation de refaire le chemin. Les heures pendant lesquelles il dut séjourner dans la ville s'écoulèrent pour lui comme une sorte de rêve où tout changeait, où tout tournoyait, où il ne se retrouvait plus, brouillé avec ses notions ordinaires, ne distinguant pas encore ce qui allait les remplacer.

Une hâte le prit, dans son compartiment où il se préparait à avaler la fastidieuse corvée de rouler toute une nuit, la hâte de savoir si, rentré dans son milieu, cela changerait toujours, tournoierait encore, si la transformation pressentie s'achèverait, ou s'il redeviendrait au contraire le même qu'avant. D'une curiosité fébrile à vérifier son état, il lui tardait d'avoir replongé dans son monde durant quelques jours; alors il apprendrait ce qui lui était réservé. Sans qu'il osât se le formuler d'une façon positive, ce serait le désenchantement complet, si rien de nouveau ne survenait à la suite de ce trouble inexplicable qu'il rapportait de son voyage.

La route lui parut joliment longue, il ne put dormir.

Chez lui, son lit ne lui procura qu'un sommeil agité, très bref.

Il se releva, sortit, fit une longue marche à pied : cela ne lui était pas arrivé depuis plusieurs années. Harassé par la chaleur, les bottines couvertes de poussière, il se hâtait, sans but, incohérent et vague. Une auberge de banlieue lui fournit un déjeuner qu'il dévora, sous la tonnelle d'un maigre jardinet au bord de l'eau. Ensuite, combien de temps passa-t-il à suivre le courant de la rivière qui s'évadait là-bas, entre d'autres auberges, des villas et des allées de tilleuls sous lesquels un tramway glissait?

VIII

Des trompettes chantaient, dans une distance de terrain de manœuvres.

Leur chant était immense, large, et plein, et strident, à grands fracas lyriques comme ceux d'un monstrueux cristal d'orgueil qui se briserait plutôt que de ne pas enivrer toute l'atmosphère. Et cela allait si loin!

Voilà plus de trente-cinq ans qu'il les entendait.

Ah! leur fanfare, dans la beauté matinale!... Ses cadences éblouissantes de longs cris superbes coupés dans le vif du rythme par les brèves répliques autoritaires, dialogues hachés, en coups de sabre!... Et l'explosion, pour finir, l'explosion du verbe de cuivre haletant, tumultueux, porté depuis trente-cinq ans sur le même petit vent frais, au travers du même bleu profond partout répandu!... Ou bien leur appel, qui déchire des brumes de petit jour pluvieux, tel un coup de couteau fendant du haut en bas une toile tendue. L'enrouement de rêve d'une sonnerie de cavaliers qu'on ne voit pas, mais dont on entrevoit pourtant quelque chose, de vagues silhouettes informes et comme en berne sous les grands manteaux lourdement trempés...

Mais à ce moment les trompettes, bavardes de gloire, mordaient l'air. Il semblait que de leurs pavillons étincelants, insoutenables à l'œil, vraies gorges vibrantes, bouches enflammées, jaillissaient les notes avec un essor de projectiles merveilleux, et qu'on eût pu voir éclater les sons dans l'espace. On ne savait plus à les sentir ainsi palpiter, chaudes, toutes vivantes, si leur métal n'était pas plutôt de la chair, ou si ce n'était pas au contraire de la chair qui avait tout d'un coup emprunté pour sa voix l'héroïsme du métal. Car il semblait encore que, les tirant d'une poitrine surhumaine, elles articulaient humainement, pour les quatre coins de l'horizon, des paroles puissantes.

Éloignée de ce groupe chantant, muette, elle, et immobile, une masse sombre était là-bas, qui attendait. Mais, ainsi qu'en un artifice, dans tout ce qui fuse, crépite, scintille, poudroie, s'embrase et tournoie, vous aveugle, des faisceaux de feux blancs, dardés au loin en rayons coupants, des étoilements de feux jaunes faisant à la vue des piqûres et des brûlures, comme des regards de guerre, des étincelles de bravoure, autant d'auréoles militaires, comme des lumières de force, enfin, chatoyaient sur ce bloc.

Voilà plus de trente-cinq ans aussi qu'il les voyait.

S'il y avait eu des heures où il n'en avait aperçu, morne lui-même, que le reflet falot et terni, pareil au sanglot des trompettes, rauque, tordu contre le brouillard, ce qu'il en réapercevait maintenant, c'était toute la magnificence possible incendiant les hommes et les chevaux.

Et, lorsque de loin encore, mais à mesure qu'il approchait, avant d'aborder là-bas ces groupes, cette troupe, son régiment, les paupières lui papillottant au grand soleil cru qui se déversait en rase campagne, il clignait un peu des yeux, courbé dans le trot allongé du haut cheval bai-brun, de son régiment à lui, de lui à son régiment, s'établissait un courant, venait une commotion, s'échangeait un choc, comme il s'en produit lorsque, prêtes à s'accoster bientôt, se retrouvant, deux personnes éga-

Des trompettes chantaient
dans une distance de terrain de manœuvres.

lement chères l'une à l'autre se regardent arriver.

Sans y être déjà, il s'y trouvait par avance, dans ce régiment, par la place qu'il tenait toujours, même absent, par le frémissement qu'il y devinait dès qu'on l'avait signalé. Et comme il sentait que de son côté il le portait en lui, qu'il en avait l'âme!

Il savait les regards fixés sur lui; écoutant battre son cœur, il entendait presque les battements des autres cœurs là-bas, quand les premiers avisés avaient dit : « Voilà le colonel! »

Les trompettes chantaient...

Toute sa vie, toute sa vie s'était trouvée comprise entre ces alternatives de splendeur et d'obscurcissement, avait pour symbole l'effet des matinées ensoleillées et celui des pluies maussades sur la fanfare et surtout le harnois; toute sa vie s'était trouvée faite de ces contrastes, puis de ces hennissements, de ces départs au galop et de ces envols de crinières, de ce tonnerre de sabots, de ces combinaisons de fronts, de profondeurs, de lignes, de colonnes, de masses, d'allures, de directions, et faite aussi de cette immobilité que le bloc gardait en le regardant venir, jusqu'au moment où quelqu'un comme lui le ramassait pour le lancer encore, pour le lancer toujours. Et il avait été là dedans sous-lieutenant, lieutenant, capitaine, commandant, lentement, sans surprise, sans de temps en temps la rapidité qui récompense d'un service exceptionnel, d'une action d'éclat, d'un danger particulier couru, comme afin de mieux prendre part à toutes les impressions de chaque ordre, de se pénétrer de toutes les sensations, de toutes les idées qui sont à tous les étages du commandement, comme pour mieux frissonner de tout quand il serait la tête, lui seul la tête.

En sorte qu'ayant connu tous les modes de l'ordonnance, des règlements, des dispositifs, des formations, du vocabulaire, des commandements, ainsi que toutes les modes d'uniformes, de tenues, de coiffures, de paquetages, de harnachements, depuis le second empire en passant par les quelques périodes de cette république; ayant connu aussi les différents modèles de chevaux qui s'étaient succédé suivant les temps et les divers types d'hommes, il pouvait encore saluer, dans la personne du régiment, tous les morts, tous les disparus, comme, en sa fille Marthe, la morte, la bien-aimée disparue. Ses sous-lieutenants d'aujourd'hui, songeaient-ils jamais qu'il revoyait en eux les camarades, les ombres jeunes et toutes pleines de vie, d'ardeur, toutes nerveuses de chimères, de la promotion fauchée petit à petit, dont il restait à présent un des très rares, isolé, sévère, à son rang de bataille de colonel, dans sa vieille peau de sous-lieutenant, toujours droit sous l'aigrette, signe de tant de chemins parcourus que jonchaient cadavres d'amis, massacres d'illusions?

Depuis la veille, il restait le front chargé, l'œil sombre; cette histoire du conseil de guerre, lamentable, continuait à l'écœurer.

Après une demi-heure d'évolutions, le colonel Livers obliqua brusquement, sauta le fossé qui bornait ce côté du terrain, entraînant tout son monde.

Pendant dix minutes on trotta, dans le silence de la vallée. Puis il tourna tout d'un coup, sauta un autre fossé, en contre-bas, et l'on se trouva sur des terres incultes, au fond desquelles noircissaient les sapins sveltes et pointant au ciel, précédés d'une sorte de plateau nu, dont l'accès se présentait en pente.

Maintenant il galopait, avec ces bruits derrière lui d'une marée de vagues qu'il aurait conduite, avec ce sentiment de mener où il voulait quatre escadrons, dont toutes les têtes, tous les cœurs étaient à lui, pour la France.

Une humidité régnait dans ces bas-fonds. Parfois, variant les mousses et le gazon court, il y avait des mares d'herbes hautes dans lesquelles on pataugeait; ensuite de petits fossés ou des débris de haies qu'on franchissait avec un redoublement de cliquetis et de sabottements.

Et tout était muet autour.

Sur un en-bataille, on s'arrêta, face au plateau.

Les bêtes soufflèrent.

Il montrait la hauteur, expliquant qu'il y avait là des batteries d'artillerie qu'il fallait emporter à toute force : on allait y monter, coûte que coûte, et sabrer les servants sur leurs pièces.

On repartit dans un petit galop.

Il avait détaché sur le flanc des patrouilles de combat, qui poussaient leur pointe, diminuant au là-bas de la lisière, et bientôt, sur un ordre, les éclaireurs de terrain envoyés rentrèrent dans leurs escadrons.

A mesure qu'on s'avançait dans l'humidité du lieu, l'odeur âcre des sapins vous pénétrait comme d'une senteur de mort, parfum de cimetière.

Tout cela, qu'il respirait à pleins poumons, dans ce décor triste, au roulement sourd des escadrons dans son dos, faisait émerger des idées en lui.

Le grand cheval bai-brun allait par bonds, croupionnant parfois ou pointant, cherchant à gagner.

Vite, il commanda :

« En fourrageurs!... »

Les trompettes sonnèrent la charge.

Lui, s'étant assuré, rendit la main, fila.

Sous son cri, un immense éventail s'était déployé, puis une clameur s'éleva; toute la ligne des cavaliers chargeait, tenant toutes les terres, montant à l'assaut du plateau, menaçant les bois.

On abordait la pente.

Aux foulées des sabots, aux heurts de la ferraille en branle, à l'ahan des poitrines, tout ce monde s'embarqua là-dessus, rageusement. Ce fut une ruée folle. Les chevaux travaillaient des pieds de devant, s'accrochant de la pince, se hissant du train de derrière, en des efforts où les croupes se ridaient à la détente des jarrets, sous l'impulsion des reins tantôt creusés, tantôt renflés; et les cavaliers soulageant tant qu'ils pouvaient leurs bêtes, le sabre haut ou pointé en avant, couchés sur les encolures, soulevés, le haut du buste un peu de côté pour éviter les coups de têtes qui se relevaient à grimper aussi par saccades, s'enfiévraient, rendus sauvages par la difficulté, vraiment impatients pour de bon d'arriver là-haut sur les pièces, d'y faire une boucherie.

Les trompettes s'essoufflaient, précipitant la charge, ivres, plus haletantes que jamais.

On eût dit qu'on avait jeté et qu'on jetait sans cesse, à chaque instant, contre ce promontoire, une masse de rocs épouvantables les uns sur les autres, assommant le remblai, le ravinant avec des coups étouffés, profonds, en étreignant les flancs, en écrasant le ventre pour le crever, puis une pluie de fer, d'acier, se froissant, grinçant, ajoutant son tintamarre à la basse pesante des galops retardés.

Heureux de se dépenser en mouvement, imprégné de cet air frais, secoué par l'accent tragique, éperdu, de la sonnerie, aux bonds furieux du grand cheval bai-brun qui semblait vouloir manger cette pente, le colonel Livers se ressaisissait, redevenait lui-même, reprenait sa pensée accoutumée, lucide et fervente, dans ces coups de fête de l'action :

« Mon Dieu, faites, faites surtout que quand vous me reprendrez, vous me repreniez devant l'ennemi, à la tête de mon régiment !... »

Et l'imagination de toute sa vie se dressait en face : escaladant ce plateau, le sabre à la main, il lui semblait qu'au bout, vertigineusement, il poursuivrait sur les nuages, arriverait à cheval au galop dans le ciel, et que, jetant enfin devant Dieu cette lame, il trouverait encore la force de dire :

« Seigneur, ayez pitié du vieux soldat qui fut votre serviteur et ne connut que vous et son drapeau... Vous venez de m'appeler, me voici, j'attends votre justice ! »

IX

Là-haut, le ralliement jeta sous les sapins ses notes précipitées.

Il y eut une pause.

Ensuite on rabattit sur la ville par un long demi-cercle qui vint s'amorcer à la grande route d'un jaune un peu rouge, descendant à travers bois.

On marchait au pas, en colonne par quatre, dans une détente exquise après la surexcitation de tout à l'heure.

Les doigts, crispés auparavant sur les rênes, se desserraient ; les bustes s'assouplissaient, les jambes devenaient un peu ballantes, déraidies contre les sangles. Une sorte de demi-repos laissait courir des mots, quelques rires à fleur de lèvres, entre les files.

De grandes tapes de mains sur les encolures mouillées retentissaient, mates ; et les causeries des officiers faisaient une broderie sur ces piétinements, le bruit des chevaux s'ébrouant, des saccades de sabres à la selle, un mâchonnement de mors tout le long de la colonne.

Quelque part, hors des arbres, s'entendaient des cris aigus de coqs dans les fermes de la vallée qu'on ne voyait pas. Un garde forestier, coupant au plus court dans les taillis, grimpait en sens inverse, sifflotant, le bâton au poing, une vieille carnassière en bandoulière sur sa blouse bleue : il disparaissait, reparaissait, rayé par les hachures que formaient les arbustes. Et des heures frappèrent dans le vide de l'espace, avec une clarté merveilleuse, venant une à une des horloges de la garnison.

Sur les têtes, le peu de ciel que laissaient apercevoir les ramures était une bande indigo, où traversaient de temps à autre des morceaux de nuées blanches, vaporeuses, crêmeuses, ensoleillées.

Sur les bords de la route, toute sorte d'herbes et de fleurettes croissaient pêle-mêle, comme des foules de petites curieuses se rangeant de chaque côté et se haussant à l'envi pour assister au passage de tous ces soldats.

Des rayons perçant la sapinière, ainsi que d'obliques lames d'épées, allumaient de leur pointe les gourmettes aux shakos.

Mais, plus bas, un chant s'éleva; un chœur encore indistinct, confus, psalmodiant au rythme de la montée à petits pas, annonça quelque cortège, qui se montra bientôt sur la route. La distance diminuait : des syllabes latines furent apportées par l'air. On vit des flottements de mousseline, çà et là une manche de surplis soulevée ou gonflée.

Vers le régiment montait en effet une petite troupe de trente ou quarante personnes, au centre de laquelle se trouvait un prêtre, et devant un bedeau avec deux enfants de chœur, un troisième clerc portant la croix. A la fin du cortège venait un autre prêtre, vieux et cassé, entouré de chantres vieux comme lui, à figures rudes et bonnes d'ouvriers.

Des voix de jeunes filles alternaient avec celles de ce clergé de vieillards et d'enfants, tandis que chuchotaient des chapelets les femmes presque toutes âgées qui composaient l'assistance. C'était une procession des Rogations.

Solennellement, en face des soldats, la croix monta venant à eux.

Le colonel Livers s'était un peu retourné :

« Sabre !... main !... »

Et de la tête à la queue de la colonne, le commandement vola dans les escadrons, de plus en plus lointain :

« Sabre... main !... Sabre... main !... »

On descendit ainsi la côte, tandis que la procession la gravissait lentement avec ses litanies des Saints, s'en allant bénir les campagnes, toutes les choses de la terre.

Immobiles en selle, la lame au défaut de l'épaule, la main de bride correcte, la tête fixe, le regard en avant, les chasseurs passèrent.

Bientôt les chants sacrés ne furent plus derrière eux qu'un bourdonnement apporté par une brise qui dévalait de la hauteur à leur suite.

Or voici qu'à moitié de la côte on découvrit la maison du bord du bois : la route était celle qui tournait devant pour gagner tout droit vers la ville pendant deux ou trois cents mètres.

Déjà la pointe d'avant-garde arrivait à la hauteur de la petite maison, et plus loin, après le coude où stationnait un jalonneur, se distinguaient en retour les cavaliers d'extrême-pointe, haut arme.

Le colonel Livers appela de la main l'adjudant qui se tenait en arrière.

Quelques secondes plus tard, les trompettes attaquèrent la marche.

Cela partit subitement, fit redresser les hommes, releva le pas des chevaux.

Les futaies frémirent, les collines se renvoyèrent des échos, toute la gorge vibrait.

Derrière les rideaux de sa chambre qu'elle avait un peu écartés, Marthe regarda.

Son père avait remis le régiment au lieutenant-colonel pour rentrer au quartier, et, s'étant placé à l'écart, devant la façade souriante, du haut du grand cheval bai-brun il contemplait le défilé.

D'un alignement soigneux, chaque escadron, chaque peloton, en files de quatre s'en alla, emmené par les fanfares.

Et, ainsi placé devant la petite maison, entre son régiment et sa fille, le colonel, qui adressait à Marthe un coup d'œil où brillait sa joie, son orgueil, avait l'air de le présenter, lui le cœur de son cœur, la pensée de sa pensée, à elle sa chair et bien mieux que sa chair, à elle sa vie, toute sa lumière. Pour qui le connaissait, sous ce masque impassible était un ravissement de regarder auprès de Marthe, en face de Marthe, défiler cette troupe à la tête de laquelle il venait de rendre les honneurs, Patrie, à la Religion, aux saints emblèmes de l'autre Patrie.

Il lui plaisait pour une fois faire passer ce régiment, attirail de guerre, chevauchée de sacrifice et d'intrépidité, devant cette jeune fille toute seule, pour elle toute seule, et lui dire à lui-même, à lui le régiment : « Voilà mon enfant! » et à elle sa fille : « Voilà mon devoir et mon honneur! » Il lui plaisait pour un instant siéger à cheval, sans entourage, sans public, dans le cadre assez humble de son existence ordinaire, entre ses deux raisons d'être, les ayant mises en présence, et se disant enfin :

Voilà tout ce que j'aime avec la permission de Dieu, et tout cela est encore ce qu'il y a de plus noble au monde!

X

« Veux-tu que je te dise! faisait Léopold Livers, qui dans les moments de bonne humeur tutoyait volontiers le secrétaire. Eh bien, oui, je crois que j'y songe... Depuis ce petit voyage, c'est étonnant comme Paris me dégoûte!...

— Voyez-vous ça, bon jeune homme! âme innocente!

— Et comme je te méprise! »

Le secrétaire salua.

Ils filaient tous les deux, au fond de la victoria du député, Léopold ayant déclaré qu'il ne pouvait plus sentir les boulevards et qu'il avait besoin de respirer loin de tout ça qui était leur vie à tous les deux; car dans les entr'actes de sa besogne, Létanche était le compagnon fidèle, trouvant délicieux et tout indiqué de se faire entretenir par le fils, puisqu'il touchait l'argent du père.

On remontait du Bois, à l'heure où ils s'y rendaient, et, croisant les équipages, le journaliste-avocat envoyait des coups de chapeau, gravement, à la grande joie de Léopold.

« Tu connais donc tout le monde? »

Gaston nommait les gens, non sans quelque emphase lorsqu'ils étaient de notoriété.

« Rasta! rasta jusqu'aux moelles! » murmurait l'autre.

Et, pour taquiner :

« Ménage mes gants! Tiens! à qui l'as-tu prise, cette chemise, aujourd'hui? Elle n'est pas à moi! Tu as donc d'autres fournisseurs que mes tiroirs, à présent!

— Si je suis pauvre, ce n'est pas ma faute, grommela Gaston, essayant de jouer la dignité.

— Pauvre, mais pas honnête, nous savons! »

La victoria montait l'avenue.

Déjà Létanche voulait faire arrêter la voiture au Pavillon-Chinois, où l'on tuerait une petite heure à regarder la fin du départ, tous ces attelages s'enfuyant dans une panique vers l'Étoile avec des bruits de chaînettes, le steppement des chevaux, automatique; mais un ordre contraire fut jeté au cocher, la victoria s'enfonça dans une allée presque déserte.

« Quelle fête, de se promener comme les vieilles dames! »

Furieux, le chroniqueur du *Nouveau Télégraphe*.

Il se rencogna, décidé à ne pas desserrer les dents.

Son compagnon ne faisait pas attention à lui. Il était très loin, cherchant dans l'immobilité de ces taillis, dans le silence des futaies, quelque chose de la paix qu'il avait trouvée ailleurs, ayant besoin de ce décor vide de gens en toilettes vraiment odieuses, exempt de ces éternelles bicyclettes, pour se figurer à nouveau ce qui avait laissé dans son esprit la trace profonde d'une émotion si inattendue, le travail sourd de regrets jusqu'alors inconnus et maintenant tumultueux ne le quittant plus. Si là-bas au détour de l'allée, devant la victoria, avait paru la maison ruchée de tuiles brunes, au teint rosé, il n'en eût éprouvé aucun étonnement.

Ne lui sembait-il pas qu'il entendait déjà des rires, et que sous des cerisiers piqués de leurs fruits rouges, ils allaient tomber dans toute une société cordiale, sans pose, où les uniformes de bleu clair et de vive garance tranchaient sur la verdure?... Ne voyait-il pas, parmi ces jeunes femmes et ces officiers, deux yeux noirs attirant tout de suite ses yeux et lui faisant soudain découvrir quel être stupide il était jusqu'ici, quelle absurde existence il avait menée!

Mais Létanche, bavard, ne put davantage bouder.

« A quoi pensez-vous? demanda-t-il.

— Au colonel Livers! » répondit simplement le jeune homme.

Létanche eut un grand éclat de rire.

« Rentrons dîner, proposa-t-il. On ne mange pas mal à votre cercle, et je suis curieux de vous voir prendre une petite banque, ce soir.

— Eh bien, il faudra vous priver de ce plaisir. Dînons dehors, soit, mais au restaurant. Allons passer la soirée au théâtre, je ne demande pas mieux. Mais pour le cercle, peux pas faire ça pour vous, mon bon!

— Pourquoi?

— Parce que je vous l'ai dit, ça me dégoûte.

— Pourtant vous êtes à flot, à présent!

— Oui.

— Alors?

— Alors je m'y tiens.

— Voyons, Léopold, voyons! qu'est-ce que c'est que toutes ces idées de province, de cousine, de bourgeoisisme! Vous n'y pensez pas!... car il y a de la cousine là-dessous!

— Mon cher Gaston, interrompit Livers d'un ton grave, empreint d'une fermeté peu habituelle à cette nature facile à conduire, j'ai deux conseils à vous donner : *primo,* ne jamais plaisanter sur Mlle Livers et sur le colonel ; *secundo,* ne plus insister, d'aucune façon, en aucune occasion, pour me renvoyer à mes bêtises d'autrefois. Voilà qui est précis, je n'en dis pas plus long. C'est compris, n'est-ce pas? »

Le secrétaire, devant cette volonté formelle, si sèchement exprimée, fit un sursaut.

Mais Léopold, qui était bon, et qui, s'il tourmentait souvent son ancien complice, gardait en somme une certaine pitié pour ce garçon inconscient du manque de dignité où il vivait, voulut atténuer sa brusquerie.

Il avait peut-être aussi un besoin de parler à quelqu'un, de se confier; quoiqu'il eût annoncé qu'il n'en dirait pas plus long, il ajouta aussitôt, en posant une main sur le bras de son voisin :

« Quelle éducation m'a-t'on donnée? quelle existence m'a-t'on faite? de quelles commodités ne m'a-t'on pas capitonné la triste aventure de ce monde? en face de quel miroir de vanités ne m'a-t-on pas tenu constamment? quel égoïsme ne devrait pas bourreler ma belle petite personne d'inutile? Et vous comme les autres, vous avez cru que je me laisserais endormir, que je me laisserais aveugler, amollir, gâter, pourrir. Ce qui prouve que vous n'êtes pas si fin que vous en avez l'air, mon vieux, et surtout qu'il y a toujours *quelqu'un, quelque chose,* avec lesquels il faut compter un jour ou l'autre, bien que vous négligiez de le faire, ô gens avisés!... Je suis sûr, mon pauvre Létanche, qu'en mes jours de somptueuse ineptie, il vous est arrivé bien souvent de me jalouser, de me détester pour tout ce dont je disposais que vous n'avez pas, sans songer qu'il eût mieux valu pour vous et pour moi que le courage vous prît de me plaindre et de me le dire.

« L'aise matérielle vous semble, n'est-ce pas? le dernier mot de l'idéal. Avoir des louis dans sa poche, des billets de banque dans son portefeuille, des chevaux à l'écurie et des voitures dans la remise; se lever tard, vivre chez son coiffeur, chez son tailleur, aux courses, puis plastronner dans un cercle où tout le monde vous fait la bonne mine de votre bel argent;

pouvoir aller aux bains de mer et aux eaux, faire tous les casinos de la côte et des montagnes en vogue; massacrer ensuite les lièvres sur ses terres ou courre en grande musique quelque misérable bête, cela vous a toujours paru le comble du bonheur. Pour vous, les grands maux de l'existence consistent en l'échéance du terme, en la nourriture problématique du soir ou du lendemain, question de bocks, d'habillement, de marche à pied, etc. Alors vous vous croyez homme d'esprit parce que vous vous prétendez athée, et ami du peuple en vous faisant républicain; et vous disant athée, vous faisant républicain, vous voilà convaincu de l'impossibilité de trouver d'autres remèdes, du moment que vous ne voulez pas trouver d'autres causes à ce qui vous fait souffrir. Or donc, cher ami, moi que la fortune a eu l'air de dégager des liens matériels, j'aurais précisément pu m'y embourber plus que vous, dans cette matière, en réduisant tout, comme j'ai longtemps menacé de le faire, à des questions non moins basses que celles de votre gargote et de votre logis, quoique plus dorées. Je n'y ai mis du temps, à en avoir assez, qu'à cause de la privation d'un conseil, d'une aide. Maintenant c'est changé du tout au tout.

« Vous ne me reconnaissez déjà plus, hein!

— Et ce miracle nous devons l'attribuer?... ricana Gaston.

— Miracle est le mot, vous ne pensiez pas si bien dire. Vous devez l'attribuer à ce que, par bonheur, même au milieu de mes dissipations, je n'ai jamais tout à fait abandonné l'espoir que le Ciel daignerait un jour me prendre en pitié. Un matin, un dimanche matin, assistant à l'une des premières messes qui se disent à Sainte-Clotilde (comment avais-je fait pour être debout à cette heure-là, je n'en sais encore rien), j'ai aperçu si clairement que je n'en viendrais à rien de bon si je ne prenais pas une détermination, que je me mis à prier de toutes mes forces pour avoir enfin l'énergie de la prendre. Je rentrais justement lorsque je vous trouvai chez moi, où vous m'attendiez pour me suggérer ce que vous savez : il s'agissait de m'offrir de moi-même à mon père pour une nouvelle tentative auprès du colonel Livers, notre cousin; moyennant quoi papa, avec lequel j'étais légèrement en froid depuis mes dernières grosses pertes de jeu, se laisserait amadouer encore une fois et comblerait le déficit, à bouche close, les yeux fermés. J'acceptais, je promis de partir, de voir le colonel, de voir sa fille.

Je les vis, et... et je revins déterminé comme il fallait, comme j'avais demandé au Ciel.

« Voilà le miracle, il est véritable : Dieu nous fait ainsi marcher par des voies détournées, au bout desquelles luit sa lumière. »

Il se recueillit un instant.

Le petit secrétaire mordillait avec frénésie sa moustache, nerveux, irrité, n'osant plus plaisanter.

Léopold reprit :

« Oui, Létanche, oui, mon bonhomme, je crois en Dieu, et je commence à m'apercevoir que c'est une grande faveur d'y croire; et je ne sais pas ce qui m'arrivera plus tard dans la vie, mais tu peux être certain que je ne changerai pas. Car, au fond, j'ai toujours été comme cela : seulement, la force m'a été envoyée d'en haut à un moment où je me débattais si misérablement, que si tu l'avais su, si tu l'avais soupçonné, tu aurais préféré mille fois ta pauvreté, tous tes ennuis. Tel que tu m'as connu, j'étais de ces gens pétris, comme on dit, des meilleures intentions, remplis des meilleures idées, et qui, faciles à duper, non par bêtise, mais par mollesse, déraillent tranquillement pour ne pas prendre la peine de contredire ceux qui les trompent. Aujourd'hui je suis tout stupéfait moi-même de me sentir je ne sais quel ressort qui me permet de réagir contre le milieu, contre la surface, les apparences, et d'être à la fin ce que je dois être. Vraiment, vous me faites rire, mon pauvre père et toi, comme tant d'autres, qui parlez très sérieusement de cléricalisme, de cléricaux, et qui posez pour les libres penseurs... Toi, ça n'a rien d'étonnant : est-ce que tu sais où est le nord, où est le sud? Est-ce que tu te l'es jamais demandé!... Mais mon père, un homme raisonnable, qui est payé pour savoir la valeur des mots! Certes, je ne veux pas le juger, je m'en garderais bien. Et cependant... Ah! oui, cependant!... »

Le jeune millionnaire poussait un gros soupir.

Son cœur avait un poids dont il lui fallait se soulager.

Il se mit à dépeindre son enfance abandonnée, cette enfance solitaire et banale du gamin riche dont les parents sont séparés et qui traîne dans les externats de lycées parisiens, lisant les journaux avant de regarder dans son catéchisme, indifféremment instruit, blasé de bonne heure, victime de sa fortune, de l'inconséquence des siens, des préjugés de parti. Il dit sa rancune contre l'argent et contre la politique, les deux choses qui l'avaient dominé depuis sa première jeunesse. Ne s'en tenant pas rien qu'à lui, à ses expériences personnelles, il dit encore l'état d'esprit et l'état d'âme de ceux de son âge, guère généreux, guère actifs, guère enthousiastes, guère sincères, mais capables de prodigalités et d'avarices également, orgueilleux de scepticisme, voulant être éblouis, pas émus. Ce n'était pas tout : que seraient donc les générations en train de pousser sur les bancs des classes où le cerveau subissait une série d'opérations chimiques qui falsifiaient la pensée avant de la développer, tandis qu'une atrophie calculée du sentiment préparait des individualités artificielles, monstrueuses, pour le jour où la société périrait d'elle-même, comme un champ de plantes qui sèchent sur pied, si une rosée de tendresse et de piété ne venait la revivifier de ses grâces abondamment épandues?

A mesure qu'il parlait, sa voix résonnait plus étrange, avec des accents prophétiques, dans l'abandon de ces lieux à de certaines heures si bruyants, si mouvementés, dont toute la gloriole était tombée.

Le Bois s'emplissait de la fraîcheur violette qui embrume les avenues, drape les massifs; et peu à peu ce discours perdit de son âpreté, les phrases se ralentirent, s'espacèrent, voilées elles aussi d'un crépuscule apitoyé, derrière lequel, troupeau d'ombres replongeant dans les ténèbres de l'oubli, disparurent toutes les misères humaines.

Létanche lui-même se laissait pénétrer par ce charme de ne plus être qu'aux douceurs de l'incertaine soirée.

« Si demain je n'ai plus le sou, recommença Léopold, croirais-tu que cela ne me ferait rien! croirais-tu que je me frotterais gaillardement les mains, et que je me payerais avec ravissement la tête que tu ferais! Comment veux-tu, entre nous, que j'aille expliquer cela à mon père! A quoi bon le heurter de front? Il est persuadé qu'il a fait et qu'il fait envers moi tout ce qu'il doit, beaucoup plus même, en me fournissant d'argent pour m'entretenir dans l'oisiveté. Je m'en rends bien compte : ma paresse, c'est le repos de son activité. Il n'a qu'un idéal positif, les affaires l'ont gâté, il est un bel exemple de son temps et de son parti : son esprit est une école qu'on a laïcisée. Le but, c'est le bien-être; mais chez lui, comme il est bon, le bien-être pour moi. Il n'a qu'un plaisir : m'augmenter en quelque sorte de tout ce dont il s'augmente, c'est-à-dire être un gros monsieur pour que, moi, en n'étant rien que son fils, je sois encore tout de même quelqu'un. »

Un commencement de nuit prenait le Bois.

La victoria revenait, et, lorsqu'elle monta dans le désert de l'avenue que bouchait en haut le bloc de l'Arc-de-Triomphe, le fils du député eut cette réflexion :

« Je crois que c'est ce diable de colonel qui m'a désensorcelé! On en parle, de ces soldats de fer... Moi, je les connais! ce n'est pas pour rien que j'ai fait deux régiments et que j'ai été marchef... La vérité est celle-ci : quand on a à s'en plaindre, de ces gens-là, c'est qu'on est dans son tort, toujours! Et quelle comparaison, voyons, quelle comparaison oserait-on établir entre ce monde, dont nous sommes, nous, qui n'aura jamais vécu que l'argent à la main, et eux qui auront passé toute leur existence le sabre à la main! »

XI

Marthe, ce soir-là, avait trouvé son père un peu soucieux, distrait et moins communicatif que d'habitude. Jamais il ne s'était montré pensif et las comme aujourd'hui, dans leur cher isolement, à ces heures où il tâchait de réparer pour elle l'ennui des journées monotones qu'elle passait loin de tout.

Il fallait que quelque chose de particulier le tourmentât.

Déjà, à table, elle avait eu cette impression. Et quand, une fois dans le petit salon, tandis qu'il était installé au fond de son fauteuil, fumant son cigare, avec le flacon de vieux kirsch et un petit verre devant lui, ses journaux à portée de sa main sur le même guéridon, elle se retourna tout d'un coup, au piano, arrêta brusquement ce passage de la *Sonate pathé-*

tique qu'elle jouait, c'est qu'elle avait senti, — oh! mais senti avec une acuité presque surnaturelle, — que là tout près, derrière elle, à deux pas, tenace contre lui-même afin de ne pas l'attrister, son père souffrait. Il devait même souffrir beaucoup.

L'expression de physionomie qu'elle surprit la confirma dans cette intuition soudaine : la figure du colonel était contractée, sa maigreur toute crispée en des rides. Il sourit trop tard pour la tromper, son sourire fut de trop courte durée.

Ce silence imprévu dans la musique qu'il écoutait en écoutant probablement autre chose, voix de ses réflexions douloureuses, lui avait fait aussi tourner la tête; il se penchait du côté du piano. La jeune fille et le vieil officier se regardèrent.

« Dites-moi ce que vous avez, fit Marthe d'un ton dont l'insistance émue lui prouva que son trouble avait été remarqué depuis le commencement de la soirée.

— J'ai, dit-il très grave, qu'il m'a fallu faire, cette après-midi, quelque chose qui m'a coûté énormément,... oui, énormément! »

Et il soupira.

Contre le dossier de son fauteuil, il redressait le haut du corps, cambrant son torse mince d'homme toujours alerte, nerveux, conservé par les fatigues, rompu aux exercices, d'une élégance austère.

« Ah! » prononça-t-elle, sans trop savoir d'abord si elle irait plus loin.

Mais avec le juste sentiment qu'une nouvelle question le soulagerait sans doute en l'engageant à confier ce qui l'étouffait et qu'il gardait par généreux souci de ne pas faire partager ses tracas ni ses amertumes, elle demanda :

« Quelque gros ennui de service? »

Le colonel Livers répondit :

« Cela même, et encore bien plus que cela. »

Il se tut, toujours sombre, la bouche serrée.

Marthe vit, malgré la pause mise après ces mots, qu'il parlerait ; et elle attendit en conséquence, sans se replacer en face de son cahier de musique.

De nouveau, relevant les yeux sur elle, il fut un moment indécis.

Puis, lentement :

« Cette après-midi, le conseil de guerre a siégé, je présidais. Il y a

Marthe se retourna tout à coup.

une histoire au courant de laquelle je n'avais pas cru devoir te mettre entièrement : c'est celle de Mauguin, le neveu de la cousine Sensitive. Pauvre Sensitive !

— Comment! le jeune Mauguin...

— Joueur comme pas un, criblé de dettes, ne sachant plus où trouver de l'argent, sa tante elle-même s'étant lassée de lui en fournir; bref, ayant fatigué tout le monde, il a volé deux de ses camarades, sous-officiers comme lui au même régiment de ligne, et, qui plus est, escroqué plusieurs commerçants de la garnison. Dix ans de réclusion! »

Il hocha la tête à diverses reprises.

Sa fille, consternée, remarquait :

« Notre pauvre Sensitive! elle en mourra de chagrin!... C'était son enfant, pour ainsi dire, puisqu'il est orphelin...; elle l'avait élevé, folle de lui, le gâtant, le choyant...

— Et la dégradation militaire! ajouta le colonel, encore plus sombre.

— Épouvantable! » murmura-t-elle.

Tous les deux, inertes, le regard perdu, ils demeurèrent là, à réfléchir, chacun de leur côté.

Lui, se cambrait davantage, comme pour se raidir contre une foule de choses, résister à des mots d'une inutile dureté maintenant.

Pourtant il eut, rauque, un aveu de désespoir, ce qui exprimait toute sa douleur et son mépris de soldat :

« Je pense que j'aurais moins souffert d'être obligé de le faire fusiller! »

Presque aussitôt après, d'un accent malheureux qui faisait appel à une tendresse réconfortante, à des douceurs capables de panser sa blessure :

« Marthe! »

Que de peines il n'avait jamais dites et contenues dans ce : Marthe! gémi comme l'invocation suprême de l'homme qui n'a plus de mère, plus d'amie, de l'homme vieilli et qu'une femme peut seule encore consoler.

« Papa! cher papa! » répondit-elle longuement.

Car elle entendait dans ce cri monter toute la pitié de celui qui, dans l'inexorable accomplissement des choses dues, n'avait un instant de sa vie pas cessé d'être bon.

Oh! elle le comprenait si bien!

« Cher papa! » répétait la jeune fille.

Mais il s'éloignait dans sa rêverie, s'y absorba, par courage, par habitude, par vertu.

Alors Marthe posa ses doigts sur le clavier, reprit l'adagio.

Et s'élevèrent sous ses mains les constructions solennelles de l'édifice d'harmonie où le rythme, majestueux dans sa plainte, mettait à ce frontispice de temple sonore toute la noblesse de l'âme déchirée des héros.

DEUXIÈME PARTIE

I

Ce cabinet de travail du colonel, au quartier, avait l'aspect le plus primitif du monde.

Les murailles, passées à l'ocre simplement, n'étaient décorées d'aucun tableau, d'aucune gravure, carte ou même pancarte, qui pût en varier la nudité.

Le plafond pesait, bas, sur cette pièce étroite et longue.

Quant au mobilier, réduit au minimum indispensable : un bureau de bois noirci, trois chaises paillées, et c'était tout.

Aux deux extrémités il y avait une fenêtre, mais sans rideaux.

Le colonel Livers avait disposé de ce local exigu pour s'éviter d'être en allées et venues continuelles tout le jour entre le quartier et la petite maison.

Il n'en paraissait pas une fois de plus pour cela dans l'intérieur du quartier, tenant beaucoup à ne pas être constamment sur le dos des hommes et des officiers. On le savait là, et malgré la certitude de ne pas le voir, l'idée de sa présence, tout près, entre ces quatre murs, emplissait tout le casernement, influait sur l'esprit des cavaliers dans leurs occupations à travers les rues des bâtisses, jusque dans leurs chambrées.

Quelquefois il passait de longues journées seul, enfermé là dedans.

Une zone de vague crainte, d'imaginative curiosité, condensait le respect à l'entour : les têtes étaient hantées par ce fait invisible et, pour ainsi dire, permanent. On n'avait plus les mêmes regards ni les mêmes allures quand on se trouvait dans les environs, et les tons changeaient, machinalement les voix sonnaient autrement.

Lorsqu'il voulait se délasser un peu de son travail, le colonel arpentait le parquet de bout en bout, se plantait à l'une des fenêtres, de préférence à celle qui avait une échappée derrière les écuries sur le préau et les campagnes d'au delà.

Au loin, les hommes qui traversaient apercevaient cette ombre plaquée contre les carreaux, la tache indécise qu'elle faisait; ils n'osaient pas, malgré l'éloignement, quoique se retournant, la fixer; elle les courbait un peu et les hâtait dans leur marche. Il leur semblait que c'était, veillant sans cesse, quelque chose de prodigieux, non pas un individu : toute l'armée.

Pour eux, plus qu'en n'importe quel autre corps, le régiment était bien le régiment, puisque le colonel était au milieu de lui.

Alors, qu'il fût ou qu'il ne fût pas derrière, ces vitres ne se dépouillaient pas pour eux de la présence magique : elles avaient à toute heure un sens extraordinaire, une signification mystérieuse; comme si, à force, son empreinte, à *lui,* y était restée, même après qu'il était parti, comme si son haleine, sa simple respiration, y avait fixé une fois pour toutes à la place de sa tête son auréole d'honneur. Ils y voyaient la silhouette fière et taciturne d'une vie tenant tout le quartier sous son exemple et sous sa volonté. De jour ou de nuit, se représentant, tantôt immobile, tantôt allant et venant, l'homme de leur destinée, celui qui portait le cerveau de leur organisme collectif, ils ne pouvaient pas considérer la fenêtre, vide ou emplie de sa haute stature, sans une superstition.

Lui, en ce moment, dans sa posture favorite, le front appuyé, pensait à cette carrière qui touchait à sa fin, si vite parcourue et si pleine de choses, à ce commandement qu'il résignerait dans quelques années; et, mesurant tout ce qui avait été avant lui, tout ce qui avait été et tout ce qui était encore pendant, par une prévision de ce qui serait après, il avait la notion de la puissante existence des choses, vers lesquelles nous venons, pour qui et par qui nous vivons, que nous quittons, qui demeurent. Il éprouvait, très vif, le sentiment du rôle de perpétuels intérimaires que nous remplissons ainsi les uns après les autres sur cette terre, songeant à ses prédécesseurs, se figurant ses successeurs, toute la suite à venir des

Les hommes qui passaient apercevaient cette ombre.

futurs colonels, dont quelques-uns peut-être seraient parfois occupés de lui comme il était occupé des anciens. Mélancolique, il tendait une main à la longue procession fuyante de tous les disparus, et l'autre à la chaîne indéfinie de ceux qui s'avançaient déjà.

Et toute l'institution militaire lui apparaissait.

Sa loi était faite de deux mots qui, loin de dégager du ciel la terre, rappelaient sans cesse à celle-ci dans quelle attente elle fut créée.

Ses vertus déliaient de tout intérêt vil et passager.

Elle répondait à ce qu'il y a de plus respectable d'entre les choses humaines, à la défense de toute personnalité, c'est-à-dire de ce qui constitue en propre l'être moral sous sa double forme, individuelle et sociale, laquelle, se modifiant à travers les temps, cherchait à prendre l'extension raisonnable dont se conditionne pour elle toute facilité de se connaître, et, s'estimant, de se façonner, de se dégrossir, de se purifier, de se libérer en atteignant à la vraie conception de sa dignité, au règne de l'intelligence et de la justice. Tant que l'individu, tant que la société, tenaient les yeux fixés sur la gloire de leur Auteur, s'inspiraient de l'idée religieuse; tant que les principes de la pensée chrétienne restaient honorés et pratiqués, il y avait une patrie, expression supérieure de toute collection d'êtres sur terre, et il y avait une institution militaire, garantie de cette expression.

Vivre toujours entre la Croix et le Drapeau, c'était ne renoncer à rien d'un plus tard, qui arrivait sans relâche pour chacun à son tour, et perdurable, illimité, ou plutôt ne durant pas, étant toujours, au lieu de stupidement sacrifier tout, dans une pauvre hâte, aux commodités égoïstes du moment.

Ainsi d'âge en âge avions-nous eu l'histoire passionnée de la France, qui s'acheminait par sa prière et par ses armes vers une ère dont elle ne profiterait pas, si la foi l'abandonnait.

Là il se faisait maintenant dans l'esprit comme des plaines sombres, au bout desquelles la nuit de l'horizon ne pouvait être percée que par l'éclair fulgurant de l'espoir, de cet espoir qui ne quitte point les cœurs forts.

Cela couvrait peut-être le monde d'un hérissement de baïonnettes, d'immenses troupeaux de canons; il y avait peut-être par-dessus des mêlées la montée d'une fumée d'incendie tordant ses spirales lourdes sous lesquelles s'agitait le grand mystère du bien et du mal, de la douleur imposée aux générations, du rachat par la souffrance, dont la guerre était une des formes.

L'imperfection des hommes voulait qu'il ne pût y avoir ici-bas que des patries militantes, comme leur Église; par conséquent, elles n'auraient su se passer de soldats. La patrie triomphante était seulement là-haut, dans l'infini de Dieu, dans l'éternité de Dieu, dans sa toute-puissance, dans son absolue bonté.

Il apercevait donc l'armée telle qu'un emblème vivant, avec ses devoirs, ses mérites, sa cause et sa fin. Lorsque l'emblème disparaîtrait, c'est

Lui, en ce moment, dans sa posture favorite.

qu'autre chose aussi aurait disparu, longtemps encore après le jour où les peuples instruits se seraient ligués tous, où des nations à leur image occuperaient l'Afrique d'un bout à l'autre, et chaque pays de l'Asie. Et quand la guerre ne serait plus entre les peuples, elle serait dans les peuples, avec toutes les conséquences de cette dernière transformation, d'une dispersion inouïe, hors de tout militarisme apparent.

En sorte que, pénétré tout à l'heure de la persistance des choses après nous, le voilà qui touchait quand même à leur éphémère, et se laissait envahir par la nullité des plus grands espaces de temps, aussi condamnés que les plus petits, finalement aussi négligeables en face de l'absolu. Même au milieu de la tristesse de ce sentiment du passager qui déprime, surtout au milieu de cette tristesse, résignation de créature confiante, l'espoir se levait d'autant plus haut : ce qu'il y aurait alors permettrait aux autres de remplir leurs fonctions dans l'humble parcelle de durée assignée, comme ce qui existait nous le permettait dans la nôtre.

Ces considérations à perte de vue ne servaient qu'à nous ramener à nos obligations présentes, où personne n'a le droit de se demander si elles demeureront toujours les mêmes, pour trouver un prétexte à s'en affranchir par l'idée du changement qu'elles subiront. Car il y a aussi ce qui ne change pas, au-dessus de toute pratique, en dehors de toute étendue et de toute durée : l'ensemble des vérités religieuses et morales, conductrices sûres, annonciatrices infaillibles.

Peu à peu, le vieil officier redescendait aux réalités de sa sphère d'action, regagnant son point de départ avec le souvenir d'un voyage à travers des immensités. Son amour pour ce régiment sur lequel il veillait, qu'il aidait à accomplir sa mission, à justifier sa raison d'être, en revenait fortifié du large désintéressement, de l'abnégation vaste et simple, qui vous prennent à envisager l'humanité, la somme des efforts dont elle a besoin. Pourquoi la conscience aurait-elle été en nous, sinon pour nous dire que nous y faisions notre part ou que nous négligions de l'y faire?

Puis il revint sur lui-même, soucieux de Marthe.

Pourvu qu'il ne disparût pas avant de l'avoir mariée!

Non, il ne regrettait pas cette sorte de gêne et de médiocrité honorablement dissimulées. Bien sûr, aux yeux des gens qui ne savaient pas, toujours prompts à envier ou à déclamer, leur situation était désirable. Mais, si petitement qu'on vécût, on n'allait pas loin, avec l'obligation de tenir, même rien que strictement son grade. De plus, les occasions étaient nombreuses où l'on ne pouvait se dispenser de s'inscrire, en raison de ce grade, pour des dépenses qui se chiffraient à la fin de l'année. Encore fallait-il trouver le moyen de faire personnellement quelque bien. Il ne se trouvait guère moins pauvre que quand il était officier subalterne, car ce n'était plus une petite fille qu'il avait avec lui. Bah! l'on ne travaillait pas pour s'enrichir, mais pour passer honnêtement en ce monde. Il aurait pu, de son propre gré, depuis longtemps, chercher à se rapprocher de ses parents riches, augmenter la dot de Marthe par d'heureuses spéculations que lui aurait indiquées et dont lui aurait fait profiter son

Un chien de berger rassemblait ses moutons.

cousin Maxime : celui-ci l'ayant mis de côté jusqu'à ce moment pour son labeur modeste et silencieux, il avait cru se devoir à lui-même de ne point aller au-devant; il continuerait, malgré les avances du fils, qu'il n'attribuait pas uniquement à l'histoire Mauguin, mais à il ne savait quel souhait tardif du député, de renouer.

D'ailleurs, le jeune homme avait effacé en lui la mauvaise impression de la visite du secrétaire. C'était évidemment une nature plutôt sympathique, ce Léopold Livers, quoique portant l'empreinte de son milieu et lancé dans une existence vaine. Il devait valoir mieux qu'on n'en aurait préjugé.

Alors il leva les yeux sur le paysage, cette nature charmante et un peu sévère qui encadrait son régiment.

Le ciel était d'un gris tendre, d'un gris lumineux, comme ayant la subtilité d'un tissu presque impalpable et peint de coteaux à peine indiqués, vers lesquels s'allongeaient des prés. Un moulin occupait, derrière un bouquet d'arbres, le dessous d'un promontoire que faisait la hauteur, nue à cet endroit. Ailleurs des routes tranchaient dans la pente des bois, par une ligne plus foncée marquant le vide au milieu de cet embrouillement de cimes.

Des vols de ramiers rayaient ce ciel gris. Sur les prés, un chien de berger galopait, rassemblant ses moutons.

II

Il se rappelait tout le sang qui avait été répandu là une vingtaine d'années auparavant, et ce sang lui rappelait tout celui qu'il avait vu répandre dans sa vie.

On ne savait pas ce que cela leur laissait, en eux-mêmes, à lui et à ses pareils.

Ils connaissaient, eux, les tortures d'une charité non de théorie, non de paroles et de petits faits, mais de quelle réalité vous mettant à quelles épreuves, dont on ne racontera jamais que des épisodes partiels, sans pouvoir rendre l'impression continue qui donnait à leurs yeux un prix inestimable aux moindres bienfaits dédaignés par tous les autres dépourvus de la même expérience, et qui les rendait jaloux de ne faire bon marché de rien, sauf de leur propre existence, de leurs propres efforts.

Comme il y avait vingt ans, il voyait descendre pesamment de ces coteaux les masses d'infanterie prussienne : les couverts pétillaient d'une fusillade, la crête se couronnait de pièces entre lesquelles allaient et venaient des silhouettes. Le gris lumineux, le gris tendre du ciel, était crevé de coups de feu, étoilé de déchirements brusques. En bas, les prés semblaient de vastes draps étendus pour recevoir tous les débris dont, longtemps renflés, ils exhalaient en verdure grasse, du ventre de leurs terres, le souvenir qui fermente encore.

A travers les rues et les places du quartier, des courses d'hommes et de chevaux, des ordres jetés, lui arrivaient : ainsi, en vue des morts, les vivants travaillaient, s'exerçaient, et quand la nuit intervenait sur les uns et les autres, n'y avait-il pas comme on ne savait quelles pensées planant de ces tombes à ces chambrées, dans le sommeil du régiment toujours prêt à partir et des troupes qui n'étaient jamais revenues, ensevelies?

Il entendait son père, vieux capitaine de la vieille garde, lui conter ses étapes en Europe, et il voyait son doigt en l'air, ce doigt décharné de vieillard qui prophétise, quand le bonhomme insistait pour l'élever dans la crainte de deux choses : l'impiété et la paresse, et dans la haine de deux nations : l'Angleterre et l'Allemagne.

Son père lui répétait : « Quand tu seras colonel! »

Aujourd'hui qu'il l'était, colonel, il se demandait sans cesse si toutes ses responsabilités ne dépassaient pas sa vigilance et son souci de bien faire, s'il s'acquittait exactement de sa charge. Sa conscience était en repos, mais son esprit lui montrait toujours quelque chose à corriger.

Pourtant, équilibré comme lui, le régiment se ressentait d'avoir un pareil chef. Aucun corps de cavalerie ne pouvait se vanter d'une vie plus réglée, d'un travail plus suivi, mieux raisonné, d'exercices plus fructueux, de moins d'à-coups aussi dans le menu détail du service. L'humeur générale en était comme l'allure, d'une sage égalité. On y retrouvait partout l'influence de ce caractère droit, de ce sens précis, de ce tempérament tranquille et sûr, seuls capables d'imprimer et de maintenir une direction utile, équitable et prévoyante.

Chose remarquable, par sa bonté même, par sa volonté régulière dépourvue de toute passion, sauf celle de son devoir et de son métier, mais par sa bonté surtout, cet homme inspirait autour de lui une terreur folle; non de celle qui est faite de simple épouvante et de rancune, alors détestable, source de tous les maux, digne de tous les blâmes. Celle qu'il répandait était en même temps une atmosphère de confiance et de respect tels, avec un si extrême ennui de lui déplaire, que tout le monde eût redouté comme la pire des calamités de l'obliger par hasard à prendre une de ces mesures de rigueur tenues par d'autres, ailleurs, pour très ordinaires, tout à fait courantes.

Peut-être, outre la sympathie qu'ils provoquaient, son silence, son air doux et pensif, en imposaient-ils et suffisaient-ils, mieux que tout éclat, à prévenir qu'on rencontrerait en lui, le cas échéant, un maître de fer, un juge impitoyable.

Ce qui est fort rare, il s'était fait comprendre du premier coup, précisément avec ses allures modérées, son mutisme, son aspect renfermé.

L'esprit maintenant à de nouvelles pensées, il ne pouvait s'empêcher de comparer sa carrière et celle de son cousin, les deux mondes d'idées, les deux sortes de gens qu'ils avaient dû fréquenter.

Non, sûrement Maxime, dont la fortune avait été rapide, dont la position était brillante, ne se trouvait point heureux comme lui. Malgré sa rapidité, cette fortune avait exigé bien des peines, mais qui ne portaient pas en elles-mêmes leur satisfaction, comme les siennes dont le résultat, si petit à côté, demeurait infiniment préférable. Maxime ne posséderait jamais ces joies chères d'une récompense due à une activité de fatigues rudes, nombreuses, périlleuses, âprement désintéressées, pures de toutes les compromissions, fleuries de toutes les franches camaraderies; il ne jouirait pas, à son exemple, de l'ineffable délice de pouvoir, sur la fin de ses jours, parcourir cette voie sacrée jalonnée de peines et de privations, de misères ignorées, de services héroïques et discrets, de tombes glorieuses et bien-aimées. Comme il plaignait cet homme, en sa richesse, en tout son bruit, par rapport à lui en sa pauvreté cachée, en ce silence qui resterait autour!

Il quitta la fenêtre, voulut reprendre la besogne étalée sur son bureau.

La porte s'ouvrit : Léopold Livers s'avançait, s'excusant d'une aussi prompte réapparition. Il venait pour une affaire personnelle, au sujet de laquelle il ne pouvait consulter que l'officier. Son père n'était même pas instruit de ce voyage, mais Létanche le lui apprendrait.

Le colonel Livers ne dissimulait pas sa surprise. Néanmoins il fut cordial, de plus en plus séduit par les manières affectueuses du jeune homme.

« Voici de quoi il s'agit, disait ce dernier. J'ai quitté le service ; j'étais maréchal des logis chef ; je désire rengager. Or il en est encore temps.

« Voici de quoi il s'agit, » dit Léopold.

— Rengager, pourquoi cela ? »

Le vieil officier tournait vers lui son grand œil limpide et grave.

« Ce n'est pas une mesure désespérée, au moins ? » fit-il.

Léopold saisit son soupçon, le train qu'il menait à Paris pouvant faire croire à quelque coup de tête après des embarras et une querelle avec le père.

Il répondit :

« C'est au contraire en quelque sorte par espérance que j'agirai.

— Vous en avez assez de ne rien faire?

— Et j'ai acquis la certitude de trouver mon salut là-dedans, là-dedans seulement. Je travaillerai de tout mon cœur pour arriver à Saumur, je serai officier. Mon unique regret, c'est d'être sorti de l'armée pour redevenir ce que j'étais avant. Mais puisqu'il y a encore moyen de réparer l'erreur...

— La chose est sérieuse, remarqua le colonel. Vous connaissant fort peu, je ne puis comme cela, tout de suite, vous donner mon avis. Qu'en pense votre père?

— Il en sera désolé.

— Ah! »

Quoique en d'autres termes, Léopold reprenait le discours qu'il avait tenu à Létanche dans la victoria, pendant leur promenade. Le colonel Livers l'écoutait avec attention. Ce jeune élégant, fils d'un parent perdu de vue depuis quinze ans, qui revenait ainsi le consulter, ne l'ayant visité qu'une fois, faisant exprès le voyage de Paris, se déclarant prêt à reprendre son dolman de sous-officier, malgré ses rentes, malgré ses plaisirs, alors que rien ne semblait l'y obliger, sinon peut-être quelque lassitude passagère, un nouveau caprice dont il se repentirait, tout cela lui paraissait un peu bizarre. A la vérité, il eût beaucoup mieux aimé ne jouer aucun rôle dans la détermination projetée. Cependant Léopold s'expliquait d'une façon vraisemblable. Puis il savait ce que c'était que l'état militaire; il n'avait plus les illusions et l'ignorance de l'engagé toujours présomptueux, prompt ensuite au découragement, à d'injustes rancunes.

« Dans quel régiment voulez-vous tâcher d'entrer?

— Mon colonel, je n'ai pas pensé à cette question : là où il y aura de la place. Je vous avouerai même que tout d'abord je préfère ne pas solliciter d'être admis dans le vôtre. Si je prouve que j'avais raison de rengager, je souhaiterai vivement que vous vouliez bien me demander auprès de vous, un peu plus tard, mais pas avant. »

Cette réponse éclaircit le visage du colonel Livers.

« Quelque bonne volonté que je me sente pour vous, répliqua-t-il, je ne pourrai jamais grand'chose en votre faveur. Le temps n'est pas loin où je passerai dans le cadre de réserve. Ne comptez donc pas que je vous suive longtemps..., en admettant que vous rengagiez. Car, pour ce qui est de vous conseiller là-dessus, je ne le ferai pas avant un ou deux mois, peut-être plus. Voici ce que je vous propose : retournez à Paris, n'y pensez plus et attendez. Dans deux mois vous m'écrirez, alors nous verrons. Mais pas de zèle, pas d'ardeur, pas de parti pris non plus contre votre situation actuelle, contre votre entourage ordinaire. N'allez pas tout d'un coup les condamner hors de propos après les avoir acceptés, peut-être même admirés. Rien d'injuste, rien d'outré. Ne supposez pas davantage que vous serez reçu à Saumur, que vous deviendrez officier : cela peut très bien n'être pas. Alors, comme vous n'aspirez point à être adjudant jusqu'au bout d'une commission, la rechute dans votre monde serait pire. »

Il s'interrompit pour mettre en ordre des papiers.

« Vous dînez avec nous? fit-il en relevant la tête de dessus son ouvrage, quand il eut disposé à droite et à gauche deux tas de feuilles sur lesquelles il plaça un fer à cheval pour les empêcher de s'envoler.

— Mais...

— C'est dit, si toutefois un kilomètre et demi à pied ne vous rebute pas. Vous vous rappelez la route?... Eh bien, partez devant, je vous rejoindrai, et nous arriverons ensemble. Maintenant je vous préviens que ce soir il y a marche de nuit pour le régiment : je tiens à y assister; mais si une course à cheval vous semble possible avec votre costume de voyageur, j'ai une monture à votre disposition pour m'accompagner en bavardant aux étoiles. »

III

« Qu'est-ce que c'est en somme que cette cousine Sensitive? demandait Léopold Livers. Moi je ne la connais que pour en avoir entendu parler, car je n'ai jamais mis les pieds là-bas, ayant une peur effroyable, je vous l'avoue, des électeurs de mon père. »

Marthe se mit à rire et répondit :

« La cousine Sensitive a été surnommée ainsi dans la famille à cause de son extrême timidité, de son caractère timoré, impressionnable au dernier point. Tout lui est un froissement en ce monde : un rien la rend très malheureuse. Restée vieille fille en raison de cela, elle est à plaindre et mérite bien qu'on l'aime. D'autres peuvent trouver ridicule cet excès de sensibilité; mais elle n'est pas de ce temps-ci, et du moment que personne ne souffre d'une organisation particulière dont elle demeure seule victime, on devrait l'admirer au lieu de s'en moquer. D'ailleurs, tout le monde l'exploite.

— Exemple, son neveu! fit le jeune homme.

— Ce sera le grand chagrin de sa vie, » dit tristement le colonel.

Ils dînaient tous les trois, servis par la vieille bonne renfrognée, qui s'appliquait à chaque instant sans succès à chasser Biquette de la salle à manger, où la jolie petite bête rentrait sournoisement sur ses pas pour faire le tour de la table, en quête de quelque friandise.

« Nous lui avons écrit, à Mlle Mauguin, reprit le père de Marthe, avec l'espoir qu'elle consentirait à venir un peu plus tard passer quelques mois ici. Ce qui a eu lieu était irrémédiable; elle sait que si j'avais pu quelque chose, j'aurais essayé. Elle sait également que nous lui sommes tout dévoués, affectueusement dévoués; elle est désolée, mais elle ne peut nous en vouloir, et elle ne nous en veut pas. Aussi aurais-je volontiers souhaité la voir auprès de nous. Quand sa douleur sera, non pas calmée, mais dans une période moins aiguë, elle se rendra sans doute à nos prières.

— Pour le moment, ajouta la jeune fille, nous ne pouvons insister davantage; elle a répondu à mon père qu'il lui serait pénible de voir celui

Léopold feignait d'examiner la floraison.

qui avait jugé et fait condamner son neveu. Il n'y a certes aucune injustice dans sa lettre; cependant son affliction ne lui permet pas de voir comme tout le monde.

— Eh bien, moi je suis sûr qu'elle a été excitée contre vous, remarqua Léopold. Il y a du Létanche là-dedans. Mon père l'a chargé à diverses reprises, et notamment après le procès, de lui écrire; je vois d'ici les belles insinuations auxquelles il n'aura pas pu s'empêcher de se livrer. Car Létanche, vous n'en doutez pas, mon colonel, est votre ennemi juré. »

Ce disant, sa physionomie exprima tous ses sentiments à l'adresse du secrétaire en une moue de moquerie plaisante qu'il effaça pour conclure :

« Le nommé Létanche ne vous pardonnera jamais son échec diplomatique : il est évidemment ravi de vous brouiller avec Mlle Mauguin, comme de vous desservir auprès de mon père. Vous pouvez vous passer de la cousine Sensitive, cela ne fait pas de doute, et vous pouvez aussi vous passer de mon père; mais on ne soupçonne pas quelle béatitude cela procure à ce pauvre Gaston de brouiller les gens. »

On voyait qu'il cherchait le moyen de dire quelque autre chose qui lui semblait plus délicat à amener dans la conversation. Pourtant il finit par se décider.

« Est-ce que vous ne pourriez pas, fit-il en s'adressant directement au colonel, faire bientôt un voyage de quelques jours à Paris? Je serais si heureux de faire cesser un malentendu dont nous ririons tous ensuite, aux dépens de notre petit Machiavel de Létanche! »

Son interlocuteur, pris un peu de court, ne répondant pas tout de suite, il s'empressa de dire en regardant Marthe :

« Et il m'est si pénible de ne pas voir se comprendre et s'estimer les deux seuls hommes qui aient jamais été mes amis!

— Je n'ai guère la liberté de m'absenter actuellement, » murmura le vieil officier.

Sa fille, pour ne pas décourager leur hôte, dont l'intention cordiale et l'état d'esprit au milieu de cette hostilité latente créée par les circonstances entre les deux cousins étaient faciles à saisir, voulut lui donner quelque espoir.

« Papa ne me laisserait pas ici toute seule, objecta-t-elle gaiement, et quant à m'emmener avec lui, il n'y faut pas songer, à cause de notre chère petite maison, que je ne puis abandonner comme cela. Mais croyez bien qu'il ne demandera pas mieux que de vous faire plaisir, dès qu'il le pourra... »

Ils se levaient de table; le colonel allait à l'écurie pour s'assurer que l'on songeait aux chevaux destinés à fournir cette nuit une longue route.

Demeurés ensemble devant un parterre dont Léopold feignait d'examiner la floraison, les deux jeunes gens attendaient chacun l'un de l'autre quelque préambule qui brisât leur contrainte.

Il se faisait déjà tard.

Dans le voisinage de l'habitation, des grillons alternaient avec les notes plus éloignées de grenouilles établies en quelque mare au bout de la lisière.

L'ordonnance, affairé, traversa la cour, une selle sur chaque bras.

Des chauves-souris voletaient.

La route qui passait à côté retentit d'une galopade.

« Quel bonheur pour moi, dit à mi-voix le fils du député, si nos deux pères pouvaient finir par se rapprocher ! »

Marthe répliqua sur un petit ton décidé qu'il ne lui aurait pas soupçonné :

« Cela aura lieu, je vous le promets. »

Mais trois cavaliers, devant la clôture de la cour sur le chemin, s'arrêtaient; l'un d'eux parlait au colonel avec de violentes gesticulations. C'était le capitaine de gendarmerie, qui revenait d'une tournée avec un brigadier et un autre gendarme. Bientôt après, sur leurs gros carcans ventrus et pattus, ils reprirent leur galop désordonné, les épaules secouées, les coudes écartés, les pieds en bataille.

Marthe et Léopold rejoignant le colonel toujours à la même place, celui-ci tordit sa bouche, croisa les bras sur sa poitrine et leur annonça :

« Mauguin s'est évadé de la prison militaire... depuis ce matin avant le jour,... on ne sait comment... Bref, il a filé... On le recherche... On suppose qu'il a gagné la forêt;... toutes les brigades sont sur pied. »

IV

Comme deux ombres parallèlement vers de mêmes destins, ils allaient sous cette nuit : deux ombres qui n'avaient pas jusqu'ici suivi la même route et qui se ressemblaient si peu, l'une étant la jeunesse toujours sûre d'elle-même, l'autre la vieillesse jamais reposée de cette vie, sachant toutes les difficultés.

Côte à côte campés sur leurs grandes montures maigres, ils étaient bien ainsi, en silhouettes trop hautes qui traversent l'obscurité de ce monde, tels que des chevaliers errants ayant fait amitié et chevauchant pour le coup d'épée, l'un parti de la dernière aurore, l'autre en selle depuis des jours, des mois, des ans, on ne sait plus. Ils s'étaient rencontrés et s'étaient mis la main dans la main, s'étant reconnus tous deux porteurs de justice et de vérité. Ils allaient donc maintenant.

Le colonel et son compagnon rejoignaient le régiment, parti environ une demi-heure avant eux. Au travers des ténèbres, ils cherchaient à le deviner par les rumeurs de toute colonne en marche ; l'oreille au guet, ils n'échangeaient que de rares paroles, la nuit les faisait soucieux de pensées intimes.

Loin autour d'eux, les pays de France dormaient. Rien ne vivait d'actif dans les contours ou dans les couleurs des objets, puisque le drap de noir que le ciel jette sur les campagnes était étendu de tous côtés. Rien ne vivait d'actif non plus dans les masses de terre qu'on soupçonnait, ni bêtes, ni végétaux. Pas très loin en avant d'eux, seuls les postes prussiens échelonnés veillaient à la frontière. Et le vieillard et le jeune homme marchaient avec cette sensation spéciale : la perpétuelle curiosité, la fébrile et dominante curiosité de cet au delà où l'on n'était plus Français.

Ils s'en entretinrent en quelques mots, à voix basse.

Comme deux ombres, ils allaient sous cette nuit.

Alors l'illusion qui leur plaisait surgit librement dans l'esprit de chacun : ils se figuraient qu'ils allaient entrer sur le territoire ennemi, qu'à droite ou à gauche il y avait aussi des patrouilles allemandes qui battaient l'estrade, et toutes les hypothèses d'une guerre supposée, d'une entrée en campagne imaginaire.

Les sabots de leurs chevaux sonnaient avec régularité sur le sol. Rythmés eux-mêmes par l'allure très égale, toujours pareille depuis un long moment, les deux cavaliers s'enfonçaient sous le drap noir sans tourner la tête, sans penser à autre chose que cette possibilité des rencontres et des coups de sabre à l'aveuglette au coin de quelque bois, au tournant de quelque sentier, si leur vœu avait été exaucé.

Car c'était bien une nuit de guerre, une de ces nuits où les avant-gardes envahissent, où les petits postes à la cosaque sont sans cesse en alerte, et où l'on se tombe les uns sur les autres, se lardant, se hachant, sans se voir, n'ayant à peu près que des sons et des contacts pour vous guider, un flair de loups en chasse, mais point leurs yeux. L'obscurité semblait meurtrière, et sur la lune blanche, qui apparaissait à de longs intervalles, filaient des nuées lourdes, batailleuses, courant quelque part à des mêlées, se ruant à des charges dans un coin de l'horizon invisible.

Les arbres se suivaient, fantômes. Le chemin s'allongeait indéfiniment. Il fallait avoir l'habitude pour deviner quand il montait ou descendait un peu; impossible de prévoir les tournants, qui vous surprenaient lorsque vous étiez sur eux. Impossible de distinguer le boisement des collines d'avec leur nudité, de sonder la profondeur des ravins, d'apprécier la largeur et l'étranglement des gorges. Les choses se multipliaient toutes les mêmes après d'autres semblables. Il n'y avait aucune raison pour qu'on ne fût pas en route pour l'éternité, le long de ce lacet à flanc de coteau, jusqu'où ne s'élevaient plus les murmures des ruisseaux d'en-bas, d'où l'on entendait à peine le bruissement des futaies d'en-haut. Dans un désert qui ne se repeuplait qu'à chaque pas pour se dépeupler toujours, il ne vous venait de l'extérieur que des impressions immédiates, par saccades.

Aussi, tout replié en lui-même, Léopold Livers s'abandonnait-il à cette ivresse des chevauchées nocturnes, qui commençait à le gagner de son anesthésie propre, cependant compatible avec de vagues hallucinations : ivresse faite d'un déplacement dépourvu de tous les repères auxquels nous sommes accoutumés dans le jour. Cela lui rappelait d'autres marches pareilles, faites autrefois. Cela le remettait dans le plan des soldats, lui ramenant leurs façons de sentir, de juger, leurs désirs, leurs volontés, leur énergie tendue, toute la santé, toute l'humanité bien portante et forte qui est l'apanage du métier militaire.

Et près du vieil homme tranquille, droit d'esprit comme de corps, il était aussi bien, aussi doucement qu'auprès d'une fiancée à laquelle il n'aurait pas parlé, mais dont la présence lui aurait suffi. Il lui semblait que quelque chose qui procédait de Dieu n'était pas loin de ce vieil homme : sans doute les vertus dont il avait une plus belle part qu'aucun autre. Il aurait voulu ne jamais le quitter.

Le haut cheval bai-brun modifia son attitude. Il s'en allait, l'encolure longue, balançant un peu la tête, les oreilles en avant : voici qu'il dressa dans le noir son chanfrein, à présent direct et qui cessa d'osciller de droite et de gauche aux mouvements de la nuque devenue rigide.

Son maître étendit le bras, disant :

« Il doit être là ! »

En effet, *il* tenait la chaussée, au bout d'un détour dont la courbe était occupée par ses cavaliers d'arrière-garde; le régiment stationnait.

Des souffles de chevaux, des bruits de bottes, l'annonçaient.

Cinq minutes plus tard, après avoir trotté le long de divers groupes, Léopold et le colonel Livers furent au milieu du régiment, qui s'ouvrait sur les deux bas-côtés. Quand ils eurent filé de pelotons en pelotons, entre les hommes comme tout à l'heure entre les arbres, interminablement, jusqu'à la tête, où étaient le lieutenant-colonel, le chef d'escadrons de semaine et le capitaine-instructeur, ils s'arrêtèrent.

Des mots s'échangèrent tout bas, entre ceux-ci et le colonel, pour un rendu-compte.

Puis courut de bout en bout, sourdement, à mi-voix, le commandement :

« A cheval !... »

Il y eut un tumulte étouffé, rapide.

Des sabres et des carabines cliquetèrent.

Un cheval, assez loin derrière, hennit.

Ensuite, ce ne fut plus que des pas, une multitude de pas.

On montait par les bois, on dut marcher à volonté, et les chasseurs, centaines d'ombres, s'égrenaient entre les sapins; il fit plus nuit que sur la route, où pourtant tout était noir. Mais les pas ne se percevaient plus, à cause de la mousse, que par des craquements de brindilles, des frôlements de buissons, des écartements de branches basses.

Mystérieuse était l'arrivée soudaine de cette troupe sous le couvert, mystérieuse et redoutable.

Des bêtes, débusquées, se sauvèrent d'un fourré dans un autre; des ailes battirent dans les ramures hautes avec un froufrou de velours.

Si l'on s'apercevait encore moins que tout à l'heure, on avait toujours dans son dos ou auprès de soi des souffles de chevaux, des heurts de troncs mal évités, un tintement discret de ferraille ambulante, le chuchotement de quelque lieutenant ou de quelque sous-officier à ses hommes.

Quand on se retrouva à l'improviste dans un grand espace complètement vide, où tout le régiment se rassembla et fit halte, d'un seul coup, brusquement, les nuages se déchirèrent, la lune apparut, ronde, nettement découpée, d'un blanc violent, qui tranchait, trouant l'outremer profond de la coupole; et sa lumière, théâtrale, tomba en plein sur les visages, sur les shakos, sur les armes, sur les arbres, sur les chevaux.

Certainement chacun, même des moins instruits, même des cerveaux les plus obscurs, en considérant cette scène, eut une stupeur et le frisson de l'épopée, qui fait des grands hommes des derniers des troupiers à une minute donnée. Certainement chacun comprit qu'il avait là, devant lui, en tous les autres, l'image d'une France vengeresse, qui subsisterait de par Dieu pour s'appesantir, dédaigneuse des sacrifices que cela lui coûterait, quand il y en aurait enfin de trop dans le désordre des choses, dans le cynique égoïsme des nations. Et de même que le vieux colonel avait vu revivre la morte en sa fille, revoyait en ses jeunes officiers tous les camarades disparus, de même tous ils eurent l'intuition qu'en eux revenaient les anciens des Victoires françaises, les tragiques guerroyeurs de la Royauté, de la Révolution et de l'Empire, immortels, destinés à s'incarner encore après eux dans leurs cadets des générations suivantes. Ils tressaillirent, tous, de la fierté d'être la tradition actuelle de cette immortalité qui fait la France.

Les torses furent ceux de statues fixant la conception des siècles; les attitudes, inconsciemment, eurent la noblesse de l'art le plus altier. Ces paysans, ces valets de ferme, ces courtauds de boutique, ces fils de petits bourgeois et ces mondains qu'étaient ces chasseurs, leurs sous-officiers et leurs officiers, tous ces palefreniers et ces élégants, gens de labour, gens d'écurie, gens de salon, devinrent des Antiques, les superbes Antiques, harmonieux et terribles, horribles et très beaux, parfaitement beaux, qui signifieraient la Patrie debout, pour la défense de ses autels et de ses foyers : *Pro aris et focis.*

La lune, splendeur de glace, pureté de la mort lumineuse, éclairait cela comme sur l'ordre de Dieu.

Pas un mouvement n'osa troubler le poème apparu.

Pas un bruit de l'environ ne vint y ajouter ce qu'il ne fallait pas.

Les chevaux s'étaient pétrifiés.

La nuit, au lieu d'écraser et d'envelopper comme auparavant, de couvrir tout, de limiter tout, semblait ouvrir au contraire à l'infini tous ses espaces, se reculer.

Et partout fut le Respect.

. . . .

Un grand silence s'était fait.

Les chasseurs formaient un vaste cercle inscrit dans le cercle ténébreux de la forêt, érigeant partout derrière eux les murailles de ses géants pressés en foules compactes.

Au centre étaient le colonel Livers, Léopold, plusieurs officiers. D'autres allaient et venaient, transmettant un ordre. Dans chaque unité, les gradés faisaient brièvement aux cavaliers une théorie sur l'orientation. Ce qui se disait ne parvenait pas jusqu'au milieu de la clairière, d'où le décor grandissait, atteignait à des proportions sublimes de fantastique, dans la féerie qu'on peut rêver, qu'on avait cru ne pouvoir jamais contempler réelle.

Celles des têtes qui se voyaient bien, en plein jour blanc, étaient de masques sculpturaux, avec dessus la simplicité, l'héroïsme d'une physionomie lapidaire. Bêtes et gens, haussés jusqu'à la plus haute généralisation de leur état, devenaient non plus une réunion d'êtres vivants, mais un véritable monument : ce n'était plus le régiment de cavalerie, ce n'était plus la cavalerie, ce n'était plus l'armée, c'était la Guerre.

L'idée dut en être venue au colonel; car, au moment où l'on crut qu'il allait faire rompre, il éleva la voix.

Spontanément, ceux qui se trouvaient avec lui s'étaient reculés; il demeurait seul au milieu de la clairière, et de même que ses yeux, qu'il levait parfois vers la clarté lunaire, sa parole fulgura.

Il disait :

« Vous êtes venus ici cette nuit, rappelez-vous que vous êtes venus ici cette nuit, à moins de trois kilomètres de la frontière, et qu'une autre nuit nous irons plus loin, nous la passerons, cette frontière qui est là!... Qu'est-ce qui nous en empêcherait? Rappelez-vous que, depuis quatre heures que vous marchez, vous marchez sur des morts, des morts à nous, qu'ils ont couchés partout, ceux qui sont de l'autre côté de cette frontière qui est là!... Je voudrais, si cela était en mon pouvoir, que chaque nuit nous nous rendions jusqu'à la limite du territoire français, que chaque nuit ce soit le même pèlerinage armé, tant que ne sonnera pas l'ordre de monter à cheval pour ces morts! Je vous y ramènerai aussi souvent que je pourrai, je vous y conduirai toutes les fois aussi près que je pourrai, de cette frontière qui est là!... Je ne serai peut-être plus avec vous lorsque vous aurez le bonheur enfin de la passer au galop, le sabre à la main; mais vous vous direz que je vous en ai rapprochés constamment, de toutes mes forces; oui, vous vous le direz, n'est-ce pas? Ce n'est pas un discours que je vous fais avant de regagner nos quartiers. Je veux parler cette nuit, parce que c'est la nuit, quand il marche en armes, que le soldat se recueille et qu'il voit dans l'avenir! Tout à l'heure je me suis recueilli, et vous aussi, chacun en vous-même, vous pensiez à ces choses. Alors il fallait que quelqu'un les dît : je vous les dis! Je veux qu'elles soient formulées tout haut, devant le ciel, qu'elles retentissent en face de cette frontière qui est là! »

Chaque fois qu'il prononçait : « cette frontière qui est là! » son bras s'allongeait, sa main indiquait un point de l'espace où il savait que les postes prussiens veillaient; et, malgré la rigidité de ces groupes sur leurs chevaux, toutes les têtes se tournaient alors dans la direction du bras et de la main, d'un seul mouvement. Aussitôt on reprenait sa posi-

tion, les regards sur lui, les cous tendus vers lui.

« Vous êtes la Guerre ! poursuivit-il. Vous êtes la guerre sainte et bénie, qui ne peut plus dormir, même quand tous les pays de France sommeillent. Se battre pour tuer, tuer pour se battre, chose impie ! Le prêtre la condamne, le phi-

Au moment où on crut qu'il allait faire rompre, le colonel éleva la voix.

losophe la méprise et la flétrit, et le prêtre et le philosophe ont raison, au nom de la religion, au nom de la sagesse. Vous seriez tout au plus des mercenaires ou des barbares, un peu moins que des assassins, beaucoup moins que des sauvages. Mais se battre pour qu'il y ait une justice et qu'elle soit respectée, privilège sacré dont vous resterez toujours fiers, toujours passionnément jaloux! Éloignés ici des ennuis du service journalier, de la vie aux détails trop petits par force et rebutants, soldats, instruisez-vous! Puissent ces campagnes où vous vous retrouvez simplement des hommes, puissent ces heures solennelles, dont sont éloignés tous les préjugés, tous les soucis, vous faire comprendre ce que la voix d'aucun de vos semblables ne saurait encore bien évoquer, de quelque éloquence qu'elle fût. Il s'agira de savoir, tôt ou tard, si tout ce que la France représente dans le monde lui demeurera impunément dénié, si tout ce qui était d'elle et qu'on lui a volé lui a été pour toujours arraché, si tous ceux qu'on massacra chez elle quand ils tentèrent de s'y opposer seront tombés inutilement. Si vous ne prétendiez finir par régler cela, c'est alors qu'on aurait le droit de vous accuser et de vous insulter; c'est alors qu'il serait démontré que le soldat n'a plus sa raison d'être, qu'il ne le faut plus honorer ni même supporter dans une société. Mais la Guerre est ici, et vous êtes la Guerre. Nous reviendrons! »

D'un signe de tête il semblait saluer ces terres, où notre Histoire acheminerait encore ses gloires, le point là-bas tout à l'heure montré, vers lequel se ruerait sa revanche.

Ensuite il poussa le grand cheval bai, sortit de la clairière.

Les chasseurs rentrèrent sous cette sombre cathédrale de branches et de troncs, que les lueurs livides éclairaient à peine, comme une lampe d'autel perdue au fond du chœur, tout en haut, envoie ses reflets contre quelques arceaux.

Alors, s'avançant un peu à l'écart, Léopold chercha pendant près de vingt minutes un certain isolement. Le matin se faisait déjà sentir par un petit froid aigre, et la lune venait de se cacher. Il estima qu'il pouvait être environ deux heures. Par un besoin de contraste, son esprit le reportait ailleurs : autour de la grande table verte divisée en tableaux, dans la salle toute dorée du cercle, tout près des boulevards, on jouait. Autour des petites tables blanches et chargées de cristaux, de porcelaines et de bouquets, dans les cabinets des restaurants de nuit, on soupait. Les cafés, les brasseries resplendissaient, bondés de bavards qui redressaient la politique ou rénovaient les arts, le bock à la main, le cigare à la bouche. Proie accoutumée de la fièvre de chaque soir, joueurs, soupeurs, harangueurs, retardaient d'aller se coucher, ayant l'air de s'amuser, au fond épouvantés par l'horreur du chez soi, la crainte du néant. Les louis et les idées, on les prodiguait stupidement : cela s'appelait le plaisir.

Tandis que le régiment, après une journée de travaux et d'exercices, s'entraînait la nuit pour d'autres travaux, protégeant de son corps, facilitant de ses peines, les joies énervantes de ces viveurs aussi bien que les labeurs bienfaisants des citoyens utiles, prêt, au retour dans son quartier, à commencer une nouvelle journée d'activité : cela s'appelait le devoir.

V

Léopold rapprocha son cheval de celui du colonel Livers ; ils furent botte à botte, sans aucun officier qui se mêlât en tiers à leurs propos.

Afin de réagir contre cette impression désagréable du froid qui vous aigrissait la peau, le jeune homme entreprit de parler, de raconter au vieil officier ses pensées et l'association d'idées où il venait de comparer deux mondes si opposés, deux sortes d'énergies si diversement employées.

L'autre l'écoutait, approuvant de la tête.

On se reforma en ordre à l'orée du bois, on descendit un interminable coteau, et, pendant que cette descente s'effectuait, le colonel Livers, à son tour, expliquait à son jeune ami sa propre manière de voir, complétant par des aperçus plus précis, d'un ordre plus concret, les aperçus dont Léopold venait de l'entretenir.

Bien autorisé à disserter là-dessus, puisqu'il s'était successivement élevé de grade en grade, au lieu d'être sorti d'une école, le père de Marthe s'attachait à prouver par l'inspiration de ses expériences personnelles, que ce qu'il y avait peut-être de plus surprenant, de plus empoignant et de plus cher dans cette profession des armes, c'était une certaine mélancolie d'abnégation, où l'on finit par aimer se résigner, se confondre, en serviteur anonyme. Pour connaître l'origine de ce sentiment, ne fallait-il pas se souvenir de l'évolution subie, lente et pénible, du jour même de son entrée là-dedans? ne fallait-il pas faire appel aux émotions de tous genres, même à celles du découragement, du regret? S'il déployait volontiers ce côté plutôt que le côté plus flatteur des parades pompeuses, des succès et des satisfactions extérieures, c'est qu'il entendait ne pas détourner l'esprit du jeune homme des duretés et des rebuffades, mais au contraire les lui présenter constamment, de manière à pouvoir répondre dans la suite de sa vocation s'il persistait. Et néanmoins il dérivait petit à petit vers une poésie de ces duretés, des mélancolies qu'elles suscitaient, et qu'il qualifiait de bonnes tristesses.

De temps en temps il inclinait un peu le buste en arrière, indiquant d'un mouvement d'épaule *cette chose* dont il parlait et qui les suivait, *cette personne* qu'il analysait et qui lui obéissait maintenant, non sans continuer de lui imposer ses bonnes tristesses.

Il en disait le charme, il en vantait la pureté.

Sa voix, terne comme la grisaille des nues qui pâlissaient, découpait dans tout cela par séries de tableaux, après chacun desquels il se retournait pour regarder son régiment.

Les bonnes tristesses, c'est quand on est là-bas, le soir, dans la chambrée, aux heures de rien faire, assis sur son petit lit, esquinté de gymnastique, de maniement d'armes et de trot sans étriers. Il fait froid. Le poêle chante, vous êtes abruti, et d'autres vies vous hantent.

Il chante, égal et monotone, le petit poêle que nous avons tous connu, couleur de rouille au repos et devenant rouge aussitôt qu'on le bourre. Vous hantent aussi, pour vous faire honte dans d'aussi petites misères, les pénibles marches d'armées, seulement de Paris à Iéna ou à Eylau.

Peu à peu la chambrée s'emplit. Tout le monde se réfugie, tout le monde apporte à la semelle de ses bottes, cloutées, des tas blancs qui fondent, laissent le parquet mouillé. Et le vent pleure, la neige tombe.

Sur le petit poêle grillent des harengs saurs qui puent, chauffent des quarts de cidre, rôtissent des tranches de pain de munition.

Comme, tout de même, d'autres vies vous hantent! On était peut-être venu avec des idées de gloire, car on était si jeune! Mais de la courbature du présent où l'on n'aperçoit rien plus, ni gloire, ni but quelconque, s'aggravent vraiment les processions de ce passé élégant, fleuri, galant, qui huent le cavalier en basanes et en sabots. Car dans le vent qui pleure crient, confuses, toutes les voix parlantes en soi, gens si loin, choses si vieilles déjà.

Les bonnes tristesses, c'est quand on est assis sur son petit lit.

Avec la neige qui tombe de l'autre côté des vitres, ne rêve-t-on pas à l'étoilement fin des allées parcourues brillamment, en jeune maître; au costume de frimas des arbres familiers, aux endroits aussi travestis de blanc où l'on n'est plus? Et leurs attitudes, à ces grands arbres superbes qui défient, deviennent presque celles de vos héros en grands manteaux, en chapeaux en colonne insolents sur les fronts devant l'ennemi, de vos héros dont on ne sera!

Ici pourtant, ma foi, c'est encore comme un bon intérieur d'entrepont pendant la tempête, où chaque homme, à rentrer secouant son givre, ses grelottements, à tasser tout de suite sa fatigue, redouble votre aise personnelle d'un malaise du dehors présumé en songeant aux factionnaires qui gèlent : un *suave mari magno* propre aux soldats et pardonnable, la sensation de l'abri bestial par lequel se suggère le contraste des petits salons parfumés et chauds dans lesquels on a vécu, des bals étouffants où l'on ne se trouvait pas heureux, voulant davantage, mais non pas mieux.

On n'aimait pas assez le coin du foyer : c'est cette intimité grossière de la chambrée qui vous le dit d'une façon à elle, que plus tard on trouvera touchante. Non, l'on ne rit pas de ce que l'odeur de la graisse d'armes, des cuirs de harnachement, du pétrole des quinquets, du cirage, des

On étrille, on bouchonne, on brosse, on fait boire.

harengs en train de cuire, rappelle par leur disparate toutes les exhalaisons moites, chambres douillettes, linge frais qui fleure la lavande, sachets dans les mouchoirs. On ne rit pas de ce que le raclage de violon faux tourmenté par un ouvrier de chez le maître-cordonnier et la romance de sentiment que roucoule un maréchal sollicitent en vous la levée, parmi les fantômes des musiques chères, de désirs intellectuels. Or on a des fièvres dans les genoux, dans les coudes, comme un coup de fouet autour des reins, comme un camail de plomb sur les épaules; il semble que les tendons des jambes soient noués, vos muscles du cou vous paraissent s'être raccourcis... Que l'on est las! On se regarde : au dos un bourgeron, aux pieds des sabots, sur la tête une calotte d'écurie, et l'on était dans le moment à étudier la progression du travail en bridon, pour la théorie de demain.

« Silence à l'appel!... »

Les bonnes tristesses, c'est quand, roulé dans les gros draps de toile

Quand on est seul de garde d'écurie, raclant le pavé avec ses galoches...

bise de son petit lit, la pèlerine de son grand manteau de cavalier rabattue sur soi jusqu'au menton, aux premières somnolences de la nuit, on se laisse bercer par la rafale qui tape aux vitres. Ah! que raconte-t-elle, que raconte-t-elle encore, celle-là? et qui l'écoute? Les camarades, dans leurs sommeils d'un poids délicieux à leurs besoins de matière naïve, se retournent, font gémir leurs trois planches sur les châlits, ont, ces hommes, entre leurs ronflées de rustres épuisés, des vagissements satisfaits de petits enfants. Il plane par-dessus tout cela une ingénuité de rêves de pays natal, de terres quittées, de maman qui ne vous gronde plus en vous embrassant. Mais il plane encore l'ombre d'un impératif, sentinelle de nuit et de jour, arpentant sans cesse chaque heure de la vie militaire.

Les bâtiments du quartier craquent dans leurs ais, des planches tressaillent, des poutres et des plafonds se plaignent : il y a des bruits étranges, ainsi que dans les œuvres d'un trois-mâts qui fatigue à la mer. Ensuite on cesse d'entendre, ensuite on dort comme les autres. Et quand on dort, un coup de fanfare, froide, exigeante, coupant à même le petit jour, vous jette debout.

« Le réveil!... En bas! en bas! »

Les bonnes tristesses, c'est lorsqu'on piétine dès l'aube, aussi désolée que les crépuscules les plus chagrins, gourd de froid, gros de sommeil, la bride de son cheval au bras, les mains dans ses poches, sur la piste de fumier répandu à cause du verglas, en allant au manège. On va à la file indienne, dans le matin grisaillant et fumaillant. Le bon cheval au trot si dur sans étriers, aux ruades parfois compromettantes, se fait tirer. On est comme cela une reprise de vingt hommes mal éveillé, qui traînent après eux vingt pauvres bêtes endormies, et la profondeur du manège piquée de becs de gaz ternes s'ouvre à vous pour une belle heure de secousses, d'efforts et d'attrapades. On s'y enferme et on s'y fait cahoter consciencieusement par sa monture, dans les commandements monotones, qui s'assourdissent contre la couche de tan faisant matelas, contre le garde-bottes et la haute toiture perdue en pleines ténèbres sitôt que le gaz est éteint. Puis, combien plus déprimante est la sensation de la vraie lumière qui se répand toute seule, toute morne, dès que l'on sort de là!

Car là-dedans on oubliait la durée, on ne savait plus si ce n'était pas plutôt la fin de la journée, si l'on n'allait pas se coucher en sortant; et il reste seulement à trimer pendant une dizaine d'heures encore avant de pouvoir y aller.

On court chercher sa musette de pansage, on étrille, on bouchonne, on brosse, on fait boire. On court chercher sa carabine et son sabre, on décompose des mouvements, on reste sur des temps, on se gèle les doigts, on éternue et on ne se mouche pas, on part pour de grands quarts d'heure de pas gymnastique, on s'essouffle... On court manger, on court préparer et placer sa revue dans la chambre. On redescend au second pansage, d'où

Oh ! les longs cloîtres sévères, ces écuries !...

l'on court à la théorie pour recourir au fourrage ou à quelque autre corvée. L'après-midi est passée, le soir venu, la nuit arrivée. On pourrait sortir en ville; mais la courbature vous a repris : on retourne s'asseoir sur son petit lit, comme la veille, à écouter le vent qui pleure, la neige qui tombe, le poêle qui chante.

« Silence à l'appel !... »

Les bonnes tristesses, c'est quand on se promène seul, de garde d'écurie, le long des travées, raclant le pavé du milieu avec les semelles de ses galoches, sous l'œil clignotant du falot hissé là-haut à sa poulie.

On entend les respirations des braves rosses qui flairent dans leur paille. Il fait chaud d'une chaleur d'animaux, puissante. Des frôlements de litière, des balancements de bat-flanc, des heurts de têtes aux râteliers, des chutes de fourches mal calées contre le mur, un ébrouement long et doux quelque part : voilà tout.

Au fond, la porte a roulé : deux fantômes circulent, apparaissent, disparaissent, l'un tenant au ras du sol un autre falot, qui fait de grands rais pâles sur les allées du milieu. Ils se rapprochent, les deux revenants, cahin-caha. Ils sont sur vous. On échange en bâillant quelques mots, des consignes que l'on répète. Les voix sont basses, rauques. Les deux fantômes s'éloignent, plongent dans l'ombre. Plus loin une autre porte roule. La ronde est partie.

Oh! les longs cloîtres sévères, ces écuries!

Une saine haleine de fumier épand sa buée tiède, qui dégèle les carreaux des verrières à mesure que l'aube tente de poindre.

On n'en peut plus, car on avait la dernière faction, la plus mauvaise pour les paresses de se vautrer un peu dans le fourrage d'un intervalle libre, une fois la ronde éloignée. Et l'on dit : « Sale métier! » de ce métier qui vous tiendra toute la vie au cœur.

Écoutez, au corps de garde, la voilà, la fanfare glaciale, la fanfare tyrannique, qui exige de vous encore douze fois soixante minutes de roidissement contre votre envie de vous allonger, inerte, n'importe où, qui vous commande de rester debout, de courir, de toujours courir.

« Le réveil!... »

Se penchant du côté de son vieux parent, Léopold n'osait l'interrompre, mais murmurait par intervalles :

« Oui,... c'est cela,... c'est bien cela! »

Le gris qui avait succédé au noir sur la campagne l'hallucinait mêmement; l'ivresse de la déambulation monotone où l'on a l'air de se déplacer seul dans l'invisible l'avait ressaisi; seulement elle était d'un charme plus pénétrant pour la causerie cadencée, où la voix du vieux colonel était grise comme les nuages, comme la campagne, et semblait ne pas avancer, non plus que les montures, vers un but.

« Oui,... c'est cela,... c'est bien cela! » répétait Léopold.

Ce qui était tout à l'entour, ce qui se disait et comment cela se disait, étaient tellement d'accord, que l'on en arrivait à confondre tous ces faits, actuels ou reproduits, par suite de cette espèce de somnambulisme ambiant qu'on ne savait à qui assigner, à soi-même, à son voisin, au monde extérieur, à tous les trois.

Lorsqu'il se fut de nouveau assuré que tout allait bien dans la colonne, dont l'effilement fantasmagorique ondoyait sur le fond imprécis d'une lande à laquelle on ne devinait pas de bornes, le colonel reprit son monologue, du même débit posé :

Les bonnes tristesses, c'est encore au service en campagne, dans une aurore de printemps qui rosit les gouttelettes d'eau mises aux buissons, aux haies, sur les fleurs, dans les herbages, tandis qu'on longe en silence le mur bas, écroulé à demi par endroits, d'un modeste cimetière de village.

On marche le pas, par deux, de temps en temps levé sur les étriers pour apercevoir les tombes tranquilles enfoncées en pleine terre grasse, où tout pousse dru et vert, les fosses récentes que renfle un gazon vigoureux.

Aux porte-sabre les fourreaux font leur froissement sec.

Des oiseaux pépient autour des cyprès.

La poussière des bas-côtés amortit les foulées des chevaux.

Que tout est recueilli! que tout est en paix! On éprouve volontiers la réminiscence d'une petite oraison d'enfant : « Que les âmes des fidèles qui sont morts reposent en paix dans la miséricorde de Dieu! »

Et lorsqu'on se trouve dispersés, plus loin, au milieu des grands chênes, des minces bouleaux, des hêtres, en patrouille, l'œil fureteur, l'oreille inquiète, ses rênes ajustées court à tout événement, si un coup de fusil part tout à coup sous le couvert, pourquoi ne subirait-on pas réellement la petite angoisse bonne qu'on se figure devoir éprouver à la guerre? Pourquoi le monde des idées sérieuses, des seules sérieuses, ne se présenterait-il pas avec assez de force pour nous influencer quelque temps?

Après, c'est fini : surviennent les désillusions de ce qu'on aurait voulu plus accidenté. On regagne les casernements, déjà lourd de soleil, un peu ivre de grand air, de verdure et de poudre, taquiné en dedans de soi par les mêmes candides et furieuses déceptions de l'enfant que l'on ramène du spectacle et qui, s'ennuyant de tomber sitôt à la platitude des réalités, déprécie injustement ce qu'il a pris tant de plaisir à voir représenter. Ce n'était que cela!

On ne s'est pas battu pour de bon; on n'a pas été blessé, on mangera la soupe comme d'habitude, on ne restera pas sous la hêtrée, à la vie libre et passionnante des perpétuels qui-vive! Du coude de la grande route, on aperçoit déjà des toits bien connus, des grilles derrière lesquelles vous attendent le maniement d'armes, le pas gymnastique, les corvées, l'astiquage; tout ce qu'on accepte si mal, qui vous semble routinier, vulgaire, vexant, et qui cependant est si nécessaire pour former à la pratique de ce que vous aimeriez tant, pour vous en rendre digne un jour.

« Pied à terre!... »

La lande avait une étendue démesurée : le froid aigre qui précède l'aube y sévissait, une rosée vous transperçait.

La lande, vaste, plate, lac noyé de brumes, avait un aspect maudit : cette longue suite de soldats muets et comme inertes en selle faisait l'effet d'une cavalerie mortuaire, d'une bande spectrale de massacrés évadés de leurs fosses, un rêve.

Cependant, ce que disait maintenant le vieil officier s'éclairait, imposant à l'imagination son atmosphère si peu pareille à l'autre :

Les bonnes tristesses, c'est aussi lorsque, les soirs d'été, par le désert de l'immense cour vide et vague, on erre, s'éloignant des autres pour se rapprocher de soi et s'entendre parler en dedans, et pour se consoler, se gourmander, se raisonner, pour s'encourager au contentement de tout, qui fait le vrai soldat dans la vie civile aussi bien qu'au régiment.

On s'étend sur les bandes de gazon qui remblayent la clôture d'une carrière de dressage, on écoute les rumeurs des écuries qui s'assoupissent,

Voici que la façade des escadrons s'allume : à tous les étages une petite lumière ponctue chaque fenêtre.

Des chocs de verre vous arrivent de la cantine.

A la gare, qui est de l'autre côté du mur, un coup de sifflet jaillit, suivi d'un ronflement de machine qui s'ébranle.

Il fait bon, il fait frais.

Des relents de foin nouveau coupé vous viennent par brises amples.

Dans quinze jours on partira pour les grandes manœuvres. La besogne est terminée, on en est à la fin des petits livres bleus, les fameuses théories de tout l'hiver. Les chevaux se reposent, suffisamment entraînés : on ne fait plus que des promenades en couverte.

Les camarades sortent en ville. On préfère rester seul, à fumer sa pipe.

On se sent heureux et l'on est triste, triste d'un grand amour de ses devoirs, dans cette belle nuit, d'un grand attachement à son métier (ce sale métier d'autrefois!) dans l'aparté de solitude où le cœur conte à l'esprit toutes les bravoures pour lesquelles il se croit né, tous les sacrifices dont il se sait maintenant capable, toutes les occasions de dévouement dont il se sent infiniment désireux.

Alors tout d'un coup, là-bas, vers le fond. au corps de garde, éclate un chant de cuivre qui tombe, note par note, dans la solennité du vide et du silence, cet éternel refrain des journées finies.

« L'extinction des feux!... »

. . . .

« Vous avez raison,... oui,... c'est cela! »

Les cavaliers de pointe revenaient : il y avait un ruisseau, peu profond, mais assez large, qu'il allait falloir traverser à gué.

On commanda : halte!

Un instant après, la pointe ayant passé, le colonel Livers et son jeune parent passèrent à leur tour.

A la surface de l'eau, qu'on ne discernait presque pas, des fumées couraient, et les prairies basses de l'autre rive exhalaient une odeur fade de marécages.

Ils continuèrent, pendant qu'on se dédoublait pour passer deux par deux. A mesure qu'ils s'éloignaient, ils entendirent longtemps le clapotis des pieds des chevaux dans le ruisseau. Cela faisait floc! floc! floc!... et le bruit les accompagna jusqu'au bout des prés, où ils trouvèrent le grand chemin qui les ramenait directement à la ville.

Alors des rubans d'un feu violet et rose frangés de vert d'eau s'étendirent à l'orient.

La cloche d'un couvent de franciscains tintait dans la montagne.

A quelque distance de là, les deux amis laissèrent le régiment, prirent par un sentier de traverse, qui grimpait dans les vignes maigres, pour revenir à la petite maison.

Au-dessous d'eux, blanchie par des brouillards qui stagnaient toujours dans les couches inférieures de l'air, la troupe se hâtait au trot, avec un tapage qui se perdit.

VI

Cette nuit n'était déjà plus qu'un souvenir. Depuis dix heures du soir qu'ils chevauchaient, les deux hommes ne se sentaient nullement harassés : ils avaient l'esprit plus libre, dégagés aux approches du jour de la griserie de route dans l'ombre, dont ils avaient été emplis.

Tout à ce qu'il avait expliqué, le père de Marthe acheva soudain, quoique ses réflexions eussent été interrompues lorsqu'ils s'étaient séparés du régiment pour s'engager dans la traverse :

« Ah! toutes ces tristesses-là sont les bonnes, voyez-vous! ce sont même les meilleures. En comparaison d'elles, aucune autre ne vaut, car il n'en est point de plus pures, ni de plus sincères, ni de plus saines. Elles servent toutes de ressorts à la volonté de mieux faire et de bien faire. Elles viennent en nous pour nous dire que dans le monde, au bout du compte, ce n'est pas autrement qu'au quartier, que qui se conduit bien ici se conduira bien partout. Leurs enseignements frappent plus profond que les leçons des professeurs et des moralistes tant rabâchées, si longtemps apprises, si vite oubliées. Toute éducation d'homme reste incomplète, si elle ne se termine par une éducation de soldat : les bonnes tristesses du métier ne sont-elles pas l'initiation qu'il faut à n'importe quelle dignité qui se confère, à n'importe quelle responsabilité qui s'assume? Or c'est une dignité, je pense, et la plus haute entre les autres, que de pouvoir offrir sa vie, donner de son sang, un jour, aux champs de bataille, pour ses parents, pour ses amis, pour ses concitoyens, pour la Patrie. Et que de fois il arrive en somme que, rentré dans l'existence civile, on évoque, au milieu de son confortable et de ses aises bourgeoises, les chères rêveries d'alors, ses chères mélancolies! Que de fois, j'en suis sûr, on conserve sans le dire dans les joies banales du mondain le franc regret des bonnes tristesses du cavalier! »

Les deux bêtes faillirent se culbuter.
Le coup partit.

Sa péroraison pouvait se passer d'une réplique. Il n'attendit donc pas que le jeune homme émît quelque remarque, et sous sa fine moustache grise l'officier sifflait un air de chasse.

On atteignait la sapinière.

Il siffla encore pendant une centaine de mètres.

Le grand cheval bai-brun et son camarade l'alezan, se retrouvant chez eux dans ces parages, s'animaient.

Dix minutes encore, et l'on serait arrivé.

Léopold poussa un cri.

Aussitôt l'officier releva la tête.

En face d'eux, à dix pas, un individu sortait d'un taillis.

Le colonel eut à peine le temps de rassembler son cheval, car l'individu le tenait en joue au bout d'un revolver soudainement braqué. Plus prompt, Léopold enlevait l'alezan, qu'il porta désespérément en travers devant son compagnon.

Les deux bêtes faillirent se culbuter.

Le coup partit.

Mais l'officier avait dépassé Léopold et chargeait sur le meurtrier, n'ayant pas vu que le jeune homme était touché.

L'homme au revolver, après avoir tiré précipitamment à deux autres reprises, sans atteindre personne, se jeta dans le fourré. Avait-il dégringolé jusque dans le ravin que formait cette coupe de droite, ou s'était-il faufilé dans les broussailles dont les massifs se prolongeaient très avant? Le colonel dut faire un détour, puis, renonçant à l'espoir de le rejoindre, revint en appelant Léopold.

Celui-ci était pâle.

« Le gredin m'a logé sa balle! fit-il en s'efforçant de sourire.

— Blessé! vous êtes blessé! »

Un étourdissement menaçait de prendre le jeune homme : son parent dut le soutenir.

En effet, la balle avait contourné l'épaule et s'était logée dans l'omoplate.

« Aurez-vous la force d'aller jusqu'à la maison?

— Je crois que oui;... je vais essayer. »

Ils se remirent au pas, tant bien que mal.

Un peu avant d'arriver, le colonel demanda :

« L'avez-vous reconnu?

— Non.

— Mauguin, parbleu!

— Mauguin!... Êtes-vous sûr?

— Mauguin, échappé de la prison hier matin, qu'on recherche,... vous vous souvenez des gendarmes qui ont passé dans la soirée,... et qui méditait un mauvais coup. Il devait s'être juré de me démolir! »

Aussitôt arrivé, Léopold eut une faiblesse. L'ordonnance avait enfourché l'alezan, était parti chercher le médecin-major.

Toute la riante petite maison était sens dessus dessous.

Le projectile extrait, une balle de méchant bull-dog à six francs cinquante, qui aurait tué son homme tout comme celle d'un honnête revolver de précision, ainsi que fit remarquer le major, la fièvre se déclara, pas très forte, mais qui abattit le blessé.

Marthe se désolait à la pensée que son père chéri aurait pu être assassiné par le misérable.

« Léopold m'a sauvé la vie, déclara le colonel. Il a été frappé à ma place en voulant me couvrir de son corps. Sans lui je ne serais peut-être plus de ce monde. Brave enfant! je veux écrire cela tout de suite à son père : voilà qui va nous réconcilier, je pense. Du moins, je ferai tout ce qui sera en mon pouvoir pour cela! »

Les yeux de sa fille brillèrent de plaisir.

Ils brillaient aussi d'orgueil, car elle était fière de devoir une pareille reconnaissance à ce cousin contre lequel il y avait eu naguère de fâcheuses préventions, mais qu'elle avait jugé tout de suite dès sa première visite très bon et peut-être très malheureux.

Elle sauta au cou de son père et l'embrassa bien fort.

Ce jour-là, qui était précisément un jeudi, lorsque les petits mendiants dépenaillés se rangèrent devant la maisonnette pour recevoir les aumônes de Marthe, ce fut la servante qui remplaça sa maîtresse, et elle mena la distribution rondement, enjoignant surtout du silence avec un air plus croquemitaine que jamais, à cause du malade qui reposait.

La cérémonie touchait à sa fin, la bande des mioches allait se disperser, terrifiée par l'absence de la demoiselle, quand un bicorne parut.

Plus émus encore par la vue de cet uniforme, haï et redouté dans les campagnes, que le jour où le grand cheval bai-brun s'était immiscé sans façons dans leur troupe, ils ne flânèrent pas. Quelques-uns d'entre eux n'ayant peut-être pas la conscience absolument sans tache, leurs petites jambes accomplirent immédiatement des merveilles de vitesse pour les transporter hors de la vue et de l'hypothétique grappin du représentant de l'autorité.

Le gendarme avait à remettre au colonel Livers un pli qui renfermait l'épilogue du drame de la matinée.

Des gardes forestiers venaient de trouver, au lieu dit la *Vente des Rousseaux,* le cadavre d'un homme qui n'était autre que l'ex-sergent Mauguin, le prisonnier évadé. Après sa tentative de meurtre sur le colonel, ce triste personnage s'était fait justice lui-même en se brûlant la cervelle.

TROISIÈME PARTIE

I

Il est vraiment d'admirables influences, dont on ne saurait dire si elles émanent des choses environnantes, si on les doit aux personnalités toutes proches d'où la sympathie rayonne sous forme d'ascendant salutaire, ou si, attribuables à la fois à ces deux sources différentes, elles ne proviennent pas d'un arrangement supérieur, d'un conseil divin par lequel, dans l'harmonie de notre univers, le physique, subordonné alors au moral, peut trouver sa réfection dans les sentiments et dans les idées, de même qu'en d'autres conditions il pourrait aussi bien y gagner de nouvelles souffrances, une sorte d'empoisonnement.

Car, apaisement, quiétude, confiance, liberté, plénitude de sérénité, fraîcheur d'esprit, douceur et silence, tout cela, qui s'était donné rendez-vous comme par enchantement dans la petite maison du bord du bois, fit autour de ce lit, sur lequel le blessé attendait la convalescence, plus que n'importe quels soins, mieux que n'importe quelle antisepsie.

Léopold occupait au rez-de-chaussée une chambre qui semblait être dans le jardin, tant la végétation s'en approchait, cherchait à s'y introduire, lui souriait, tant le plein air y entrait. La chèvre blanche elle-même venait appuyer son museau sur le rebord de la fenêtre, regardait curieusement à l'intérieur.

Du lit, on pouvait à son aise apercevoir toute la verdure, contempler tout le ciel, respirer toutes les fleurs.

On eût dit que c'était là un petit monde ami et déjà familier au jeune homme, de même que déjà familiarisé avec lui, et qui en comprenait toutes les pensées, qui savait y répondre par des suggestions délicates, qui s'efforçait avec toutes ses grâces de lui charmer les heures oisives, garde-malade dont le cortège léger s'en allait à la file sur la pointe du pied, ne laissant que d'heureux souvenirs.

Ces cerisiers, par exemple, sous leur chevelure, se penchaient un peu comme pour le voir eux-mêmes, se rendre compte de son état, surveiller son rétablissement et les phases de ses rêveries : les torsions de leurs vieilles branches bizarres lui adressaient autant de signes affectueux, continuellement. Ces herbes, elles aussi, là-bas, descendaient de l'amphithéâtre du fond comme pour le venir visiter. Ces roses et ces œillets avançaient leurs bouquets sur les tiges avec un air de vif intérêt, parfois d'aimable malice. Il en humait l'avant-parfum ainsi que l'on sent de loin l'embaumée coutumière qui annonce des jeunes femmes prêtes à entrer dans un salon.

La solitude relative dans laquelle il demeurait pendant une partie de la journée lui devenait un agrément de plus.

On le laissait là, avec tout ce qui lui était nécessaire à portée de la main, la vieille servante ou le brosseur se présentant de temps à autre pour le servir, et il entendait Marthe passer dans le corridor; il l'écoutait monter, descendre, tourner dans les pièces : il guettait sa voix de l'autre côté de la muraille. Et cela lui suffisait. Il fermait les yeux, restait des temps infinis avec l'inspiration d'espérances que sa volonté, par l'aide de Dieu, lui ferait réaliser. Et qu'on le laissât là ne l'isolait point, ne l'attristait jamais, ne lui soufflait aucune impatience, mais lui donnait au contraire la sécurité d'une affection, cette sensation particulièrement bonne d'occuper tout le monde et d'être entouré de sollicitude discrète.

Si bien qu'il eût plutôt souhaité de ne pas se rétablir trop vite. Mais la blessure n'était pas grave. Il fallait se résigner à être sur pied dans peu de jours, à rentrer dans le commun des gens qui se portent à merveille. Alors plus que jamais il se fortifia dans sa résolution de reprendre du service : demander Marthe en mariage sans être autre chose que le fils du député Livers, lui paraissait abuser de la reconnaissance que le colonel devait lui conserver pour son acte de dévouement. Non, il prouverait qu'il savait mériter la jeune fille; et quand il aurait travaillé, quand il serait officier à son tour, on verrait à n'en pas douter dans sa persévérance une garantie plus précieuse que tous les vœux les plus ardents qu'il pourrait exprimer à présent.

Cette chambre était radieuse aux projets dont il la remplissait.

Jamais il n'avait eu, du moins il ne s'en souvenait guère, l'impression délicieuse de la famille autour de lui, comme maintenant, dans une autre maison que la sienne.

Résolu à ne pas se laisser troubler par de telles comparaisons avec le passé, il jouit du présent sans retenue, tel un gourmet délicat qui savoure.

Bientôt le blessé commença à se promener dans le jardin.

Un état d'alanguissement contribuait à son bien-être, lui permettant de goûter ce moment où nos forces se recueillent, pour ainsi dire, avant de se manifester à la sortie d'une crise qui les avait abolies. La demi-faiblesse dans laquelle il s'oubliait lui paraissait ravissante, et il devait parfois s'accuser de ne pas écrire plus souvent à son père. Mais il redoutait d'effacer un peu de son présent, en renouant avec un autre lui-même, cet ensemble de mille petites choses dont se constituait son existence abandonnée tant qu'il serait ici, et abandonnée de la plus franche gaieté de cœur, passionnément. Puis, lorsque par hasard une lettre de Létanche venait lui rappeler Paris, il ne la lisait qu'à moitié, pour l'acquit de sa conscience, avec plus de mécontentement que d'intérêt, importuné en somme, courant aux lignes où l'autre lui disait que M. Livers se portait bien, n'en cherchant pas davantage.

Quelles belles journées il passa ainsi, en face de la nature immobile! Tout ce que Dieu avait fait dans un aussi petit cadre suffisait à le distraire, à le guérir. Il sut alors combien l'admiration peut remplir le vide et que c'est la vraie forme de l'intelligence et de la bonté, comme ses hôtes l'éprouvaient chaque soir d'été dans leur tête-à-tête.

D'ailleurs, le colonel s'asseyait auprès de lui dès qu'on avait fini de dîner; ils causaient peu, mais la porte restait entr'ouverte, pour que du petit salon leur parvînt la mélodie, quand Marthe se mettait au piano.

Bientôt le blessé se leva. Il commença à se promener dans le jardin. Un jour, il fallut songer à repartir; on en parla, disant : Demain, après-demain... Une semaine s'écoula encore, le départ fut cette fois irrévocablement fixé. Dans vingt-quatre heures, Léopold quitterait la petite maison.

On employa la dernière après-midi à une longue course à pied dans la forêt. Pour cette fois, le colonel renonça à son étroit bureau du quartier. Le but de l'excursion était une chapelle élevée à la Vierge protectrice des pâtres de la montagne et de leurs troupeaux.

II

Le temps est lourd, l'atmosphère chargée d'électricité.

Un ciel tout d'un seul nuage, uni, descend jusque sur les pointes des sapins.

On dirait qu'il n'y a ni air ni espace, que tout est plein, que ce qui enveloppe les objets et pénètre dans les intervalles qui les séparent consiste en une pâte d'un violet phosphorescent. La nature semble abattue et nerveuse : aucun ton, dans les feuillages, sur les rocs, au ras des terres cultivées, n'est juste. L'ambiguïté maladive des couleurs, le changement des proportions et des perspectives, fatiguent. De silencieuses inquiétudes règnent.

Pendant longtemps on monta.

Pendant longtemps on monte.

Les trois marcheurs ont le cœur serré.

Plusieurs fois on s'est arrêté : le père et la fille proposaient de revenir, craignant d'abuser des forces encore mal raffermies de leur parent. Mais le jeune homme avait refusé d'interrompre la promenade.

On monte, hors des chemins, sans rencontrer âme qui vive. Il n'y a pas de soleil, et l'on sue comme s'il dardait ses rayons les plus chauds. Quelque lenteur que l'on mette à gravir, on est essoufflé. Le désir d'arver à la chapelle excite: le petit monument est des plus humbles, il n'y a rien à voir ; mais Marthe et le colonel y sont allés souvent ; ils en ont parlé à Léopold, et vaguement en eux est le sentiment d'une grande satisfaction qu'ils trouveront tous les trois à y être allés ensemble aujourd'hui. Ce sera dans leurs souvenirs, ensuite, un lien de plus : les deux jeunes gens, avec l'entente tacite de ceux qui se devinent de délicates affinités, y placent certainement une dévotion particulière. Plus tard, leurs pensées les réuniront là.

Or voici qu'on arrive.

Marthe bat des mains et s'écrie :

« La chapelle ! la chapelle ! »

Sur un tertre, au sommet d'une petite montagne qui n'a pas un arbre, pas un buisson, que des rocs seuls parsèment de leurs masses à moitié ensevelies dans la terre, s'élève comme une chaumière, comme une hutte, le sanctuaire dédié à la Vierge des pâtres.

Cela est si loin de tout !

Les cimes voisines, couronnées des parures de leurs hêtres et de leurs bouleaux, l'entourent ainsi que des agglomérations de multitudes qui n'auraient osé s'approcher trop et laissent l'intervalle des ravins.

Le panorama qui se déploie, ces coteaux et ces vallons, ces hauteurs et ces profondeurs, tous les mouvements du terrain, par-dessus lesquels l'œil devine d'autres régions, étale ses reliefs et sa fuite d'espaces à la manière d'un immense plan de champ de bataille, dont quelque rêveur puissant ne pourrait que de si haut étudier l'aspect. Du nord au sud, de l'est à l'ouest, il se livre là, en effet, longue et sans cesse recommençant, gigantesque, mais également minuscule, la grande bataille de tous les hommes, dans les villes, dans les bourgades, dans les hameaux, dans les campagnes, — celle que nous appelons la vie.

Il est bon de temps en temps de gravir jusqu'à un point culminant, pour en saisir à la fois tout ce qu'elle occupe d'étendue et toute la petitesse à laquelle elle se réduit. Nous en étions, quelques minutes auparavant ; nous allons y reprendre notre rang dans quelques minutes encore, nous n'avions pas vu et nous ne verrons plus : il faut se hâter de regarder et de réfléchir. Ce n'est que nous-mêmes que nous apercevons en bas, ou plutôt que nous savons y être dans le conflit dont la nature s'émeut si peu. Les combattants ne se distinguent plus, ni leurs ouvrages ; mais les emplacements, visibles à vol d'oiseau, nous avertissent pour ce qui s'y passe, contraignent de penser à la disproportion stupéfiante qui existe entre ce que l'on croit être et ce que l'on est.

N'y aurait-il pas une autre vie qui ne soit pas la bataille, où l'on irait sans armes à la main, sans ruses au cerveau, ne portant que le lis de la vertu fleurie, ne pensant que d'invincibles béatitudes? La chapelle le dit. Elle annonce la « Cause de notre joie », la « Porte du ciel » et « l'Étoile du matin ». Ceux qui en ont placé là les quelques pierres ont été plus que de grands artistes, en comprenant que la magnificence de cette solitude appartenait à la « Reine des anges » : la grâce les inspira, ils obéirent.

Et que son manteau de nues fût tour à tour enflammé par la foudre, brodé de ses éclairs, ou semé d'astres, ou teint de l'azur le plus chaste, la Vierge devait aimer ce trône sublime dans la majesté douce du silence. Marthe imaginait volontiers que du fond de sa gloire elle devait l'avoir pour agréable entre tous. Le désert du voisinage parait, à son sens, comme d'une timidité touchante le culte qu'il fallait à la Mère admirable, Rose mystérieuse.

Cette poésie pénètre les compagnons de la jeune fille : ils se sont découverts, et ils reconnaissent, eux aussi, cette puissance suave de toute sagesse, de toute clémence, de toute justice, « secours des chrétiens. »

. . . .

Par une échappée, on peut voir la plaine; mais de la plaine on ne peut distinguer ce petit pic et cette chapelle.

Un toit d'ardoises, quatre murs mal crépis, une porte étroite grillée par des barreaux de fer sur un vitrage, deux longues meurtrières sur les côtés, au fond une petite étoile de verres multicolores, composent l'édifice, tourné à l'orient et surmonté d'une croix basse, massive.

Tout autour le gazon a cessé de croître, parce que les bergers viennent s'abriter quand souffle le vent. Il y a les marques des pieds du bétail qui ont battu le sol, et quelques grosses pierres roulées pour servir de siège.

Le ciel violet vient jusqu'aux ardoises, s'ouvre et descend ensuite jusqu'au gazon, tombe plus bas, dans les gorges.

Des sonnettes ont le carillon si lent et si paisible des pâturages vosgiens, où les vaches, aux flancs des collines, montent en tondant l'herbe

Marthe et Léopold sont agenouillés devant les barreaux de fer de la petite chapelle.

selon des spirales avec leur patience de bonnes bêtes.

Marthe et Léopold se sont agenouillés devant les barreaux de fer : sur l'autel, une statue de Marie immaculée ouvre les bras, entre deux vieux chandeliers mal argentés et deux énormes bouquets de fleurettes flétries.

Un peu en arrière, debout, le colonel considère la statue et sa fille : le sourire et la prière vont à la rencontre l'un de l'autre, le premier descendant, la seconde s'élevant, et près d'apercevoir bientôt la femme en cette enfant aux côtés de qui ce jeune homme est peut-être, selon les vues d'en haut, le futur appui dans la vie, il se dit qu'il n'y a fiançailles aussi belles que leur prosternation en ce lieu solitaire, sur les degrés de ce temple rustique.

Ils ont trouvé l'autel de leurs pensées simples à la cime où le grand vent d'automne n'apporte rien des villes, où les neiges d'hiver épandent leur grandeur qu'aucune boue ne souille. Purs, ils sont venus là où la nature est pure. Et « la pureté plaît à Dieu », ce n'est que par elle que nous pouvons tâcher d'imiter Dieu : elle ne saurait aussi que s'accroître à l'approche de ce qui est pur.

Lorsqu'ils reprennent leur chemin pour rentrer dans les zones humaines des pentes inférieures, à mesure qu'ils sont plus bas, plus près de la vallée, plus près du siècle, respirant un autre air, déjà mêlés à d'autres choses, ils n'en ont que davantage présent à l'esprit un sommet à l'écart des autres, marqué pour l'oubli des paroles éphémères, des idées asservies, des actions non toutes inutiles, mais toutes chétives. Ce sommet, tel celui d'où l'humble petite chapelle domine et se laisse ignorer des indignes, ne figure-t-il pas le premier but proposé à l'ascension de notre âme, l'asile exigé parfois des uns, négligé sans cesse des autres, autour duquel s'agite ce qui passe, ce qui est faible, ce qui tourmente?

Quoique redescendus, les trois promeneurs le savaient subsister en eux comme il était toujours là-haut. A chaque instant l'orage resserrait son cercle, des grondements se précipitaient d'un bout à l'autre des couloirs formés par les collines, le ciel violet s'assombrissait, de lourdes gouttes de pluie tombèrent. La foudre, au-dessus de l'abri champêtre construit à la statue de la Vierge immaculée, n'inquiétait pas plus la piété pure, reine du sanctuaire, que la tempête du monde ne pourrait intimider de perpétuelles menaces la religion de ces cœurs.

On hâta le pas. Aucun abri ne se rencontrerait avant la demeure d'un garde, située à plus d'un kilomètre de là; car on avait à peine eu le temps d'atteindre le pied de la montagne. De longs éclairs brisés fulguraient à travers les tailles. La pluie s'était arrêtée. Enfin on gagna l'habitation forestière juste au moment où le tonnerre, s'avançant, faisait retentir ces parages, dont les échos lugubres se renvoyaient comme des aboiements de bêtes colossales.

Dans la salle où la femme du garde les fit entrer, l'officier et les deux jeunes gens poussèrent en même temps une exclamation de surprise à la vue d'un personnage en train d'essuyer méthodiquement les gouttes d'eau que sa jaquette avait reçues. Marthe n'avait besoin d'être renseignée ni par son père ni par son cousin pour reconnaître Gaston Létanche d'après les descriptions qui lui en avaient été déjà faites.

« Vous! par quel prodige? » criait Léopold.

Le secrétaire mit toute la correction prétentieuse de son petit individu à saluer le colonel et Mlle Livers.

Puis, s'adressant à son ami :

« Arrivé comme vous veniez de partir, mon cher. Me suis fait indiquer la route, pris avec moi un gosse, qui m'a lâché;... égaré dans ces maudits bois,... l'orage, la pluie... Ai eu la chance d'arriver ici, je ne sais comment, parole d'honneur!... Et j'ai failli me mettre dans un bel état;... un vêtement tout neuf!... »

Ces explications agaçaient un peu le fils du député, qui interrompit :

« Oui, oui, tout ça nous est égal, qu'est-ce que vous voulez que ça nous fasse!... Mais pourquoi venez-vous? Il y a du nouveau là-bas? Mon père?...

Un personnage était en train d'essuyer les gouttes d'eau que sa jaquette avait reçues.

— Grille de l'envie de vous revoir.

— Il vous a chargé de me remmener peut-être? fit l'autre d'un air moqueur.

— Presque, cher ami.

— Eh bien, cher ami, nous en reparlerons. Pour le moment, laissez-nous reprendre haleine et nous reposer.

— Il est vrai, remarqua finement Létanche, que je ne me dissimulais pas la difficulté de vous extirper de ces pays enchanteurs, et qu'à présent plus que jamais je me rends compte...

— Vous ne vous rendez compte de rien du tout, autrement vous vous apercevriez que vous bafouillez!

— Ah bien! ah bien! » protestait le journaliste, mais sans oser en dire davantage.

Pour se donner une contenance, il ôta et remit son monocle. Léopold lui avait tourné le dos, ne s'occupait plus que de sa cousine et du colonel. Les fracas de l'orage s'éloignaient, une petite ondée rafraîchissait le sol altéré. On dut encore attendre, et, dès que l'on put quitter la maison du garde, Gaston suivit les autres sans que la parole lui fût adressée jusqu'au terme de ce voyage dans les coupes dont la monotonie enrageait le boulevardier. La toiture de l'écurie apparut tout à coup.

Sur le point d'ouvrir la barrière de la cour afin de laisser passer Marthe, le colonel s'arrêta :

« Venez-vous, messieurs? » allait-il dire à son jeune parent et au secrétaire, restés un peu en arrière depuis quelque temps.

Mais il les vit engagés dans une conversation et les laissa discrètement.

III

« Si ce M. Létanche, pensait Marthe en enlevant son chapeau et en réparant dans sa toilette le désordre de cette course, nous était arrivé un peu plus tôt, nous aurions été obligés de renoncer à notre pèlerinage. Non, je n'aurais pas voulu aller là-bas avec lui, bien sûr! cela m'aurait gâté tout mon plaisir. »

Sur le bord du chemin, Léopold avait arrêté son camarade pour en obtenir des éclaircissements :

« Mon père me demande?

— Oui.

— Il trouve que je suis resté ici trop longtemps?

— Peut-être pas trop, mais assez.

— Et il craignait de m'y voir demeurer encore davantage, il n'avait pas confiance dans une lettre, il t'a envoyé?

— Ce doit être cela.

— Et tu as été de son avis, parce que c'est toi qui le lui as soufflé; tu t'es amusé à le taquiner petit à petit, à l'impatienter, à l'irriter; tu n'as pas manqué de lui monter un peu la tête contre ceux qui me donnaient l'hospitalité, me soignaient...

— Par exemple! mon cher!...

— Mon cher, je vois cela d'ici comme si j'y avais été, comme si je t'avais entendu. Tu profitais du déjeuner pour placer tes insinuations entre la poire et le fromage, hein? Tu le travaillais sourdement. On te connaît, va! Eh bien, je devais partir demain, je ne m'en irai qu'après-demain, ou quand je voudrai!

— A votre aise, mon cher!

— Où êtes-vous descendu? demanda le jeune Livers en cessant le tutoiement.

— Mais... je suis venu directement.

— Avec l'idée peut-être que l'on vous hébergerait? Vous ne détestez pas manger le rôti des gens que vous diffamez, vous! »

Blême, forcé néanmoins de se contenir, pour que les éclats de sa voix ne parvinssent pas à des oreilles étrangères, de l'autre côté de la clôture, Létanche serrait les poings en marmottant :

« Je vous gêne, il est évident que je vous gêne. Mais vous pourriez le dire plus gentiment. Je ne suis pour rien dans ce qu'il plaît à M. Livers de faire lui-même ou de me faire faire, après tout. Débrouillez-vous tous les deux, mais ne m'accusez pas de ce qui arrive au colonel ou à vous. »

Son interlocuteur changea de physionomie.

« Qu'arrive-t-il donc au colonel?

— J'ai voulu dire, bredouillait l'autre, qu'il ne faudrait pas attribuer à une malveillance de ma part... »

Il avait la mine de quelqu'un qui se repent d'avoir trop parlé et qui cherche à rattraper ses mots. Léopold l'observait, ne fut point dupe du faux-fuyant.

« Il paraît, prononça-t-il en insistant, qu'il arrive quelque chose au colonel, et que vous seriez enchanté d'avoir eu la langue un peu plus courte, mon pauvre Létanche. Apprenez-moi donc cela, voyons!

— Je ne comprends pas, déclara le secrétaire avec aplomb.

— C'est votre dernier prix?

— Je ne comprends pas, encore une fois! Vous apprendre quoi? ce que j'ignore? Vous n'avez pas saisi mon intention, et je commence à trouver que vos injustices à mon égard, depuis quelque temps, sont...

— Allez, achevez!

— ... Révoltantes!

— Bravo! monsieur Létanche se révolte, monsieur Létanche ne juge plus mes chemises et ma parfumerie assez bonnes pour lui! monsieur Létanche renonce à m'emprunter son argent de poche! il se décide à changer de fournisseur et me retire sa pratique! C'est adorable! Ah! cher ami!

— Prenez garde, cher ami! grinçait Gaston.

— Mais je ne prends pas garde, je n'entends pas prendre garde, cher ami!

— Vous le regretterez.

— Je m'en moque, mon bon!

— Vous vous croyez déjà marié avec la jolie Marthe.

— Et cela dépend de Votre Seigneurie, qui ne ménagera rien.

— Elle pourrait bien n'être jamais que votre cousine, si M. Livers s'oppose...

— Vous me déclarez la guerre, vous *nous* déclarez la guerre, sur le bord du chemin, comme cela? Je vous croyais plus rusé, mon vieux. Regardez un peu ce que l'emportement est capable d'inspirer à un jeune homme qui annonçait pourtant de si grandes dispositions diplomatiques! »

Gaston fit quelques pas. Les larmes lui venaient aux yeux. Mais il semblait ne pas pouvoir s'éloigner facilement. Soit rage, soit hésitation chez lui, il piétinait sans se résoudre à un parti définitif.

« Léopold! commença-t-il.

— Vous dites? »

Les traits du journaliste marquaient plus de calme ou plus d'empire sur lui-même; il n'y avait que sa voix qui trahît encore son état d'exaspération nerveuse.

Il essaya d'être très solennel et de parler avec beaucoup de conviction, affectant de se planter bien en face de son ancien camarade :

« Léopold, réellement, me croyez-vous faux et me croyez-vous méchant? Pourquoi me traitez-vous toujours comme si j'étais une canaille? »

L'apostrophe interloqua légèrement le cousin de Marthe. Gaston n'était ni tout à fait sincère ni tout à fait hypocrite; il souffrait des mépris qu'il s'attirait, mais il ne faisait rien pour ne pas se les attirer, ayant une lâcheté malheureuse de garçon qui se sent quelque valeur et ne peut prendre en patience sa situation précaire. Assurément il tenait à l'amitié de Léopold; il y tenait moins cependant qu'à la satisfaction de ses manies; or, sitôt qu'il se voyait près de la perdre, de véritables regrets s'emparaient de lui, qui tournaient comme toujours au besoin de se plaindre et de se faire plaindre, à l'apitoiement sur soi-même des natures faibles. Il ne fallait donc jamais complètement lui en vouloir, non plus que complètement se laisser prendre ensuite au pathétique de ses doléances. Sa faiblesse même, pour qui ne l'eût pas connu comme Livers, le rendait aussi dangereux que son humeur jalouse et intrigante.

Déjà il entreprenait de se poser en victime, affirmant d'ailleurs sa parfaite innocence, faisant appel aux bons sentiments de Léopold, offrant de lui prouver qu'il ne demandait qu'à lui être utile. Il était venu envoyé par le député, cela était bien vrai, mais avec l'intention nettement arrêtée de mettre son ami au courant des dispositions d'esprit du patron, afin de lui éviter des imprudences à son retour. Si quelqu'un avait excité M. Livers contre le colonel, ce ne pouvait être que cette vieille fille, Mlle Mauguin. Maintenant, que le père eût éprouvé de la contrariété à l'idée de l'accident qui aurait pu coûter la vie à Léopold, quoi de plus naturel? M. Livers n'avait que ce fils : il se doutait, peut-être à tort, que le colonel exerçait une influence sur le jeune homme pour le lui reprendre en l'encourageant à revenir au service. Tout cela ne paraissait guère de nature, on devait l'avouer, à opérer un rapprochement entre le député et l'officier. Lorsque Léopold serait là-bas, il apprécierait; seulement encore une fois, il n'entendait pas, lui, Létanche, être rendu responsable de tout cela. A Paris, c'était le père qui lui reprochait d'être du parti de son fils; ici, c'était le fils qui l'accusait de le trahir auprès de son père : le métier devenait intolérable, il démissionnerait et s'en irait plutôt mourir de faim dans un galetas, puisque partout on ne rencontrait qu'ingratitude. Avait-il par hasard un intérêt quelconque à empêcher un mariage, s'il devait s'en faire un? Les affaires du patron, toute sa politique et ses entreprises financières, ne l'occupaient-elles pas assez? Il s'y consacrait avec tout le dévouement possible : dorénavant, qu'on ne lui demandât plus rien d'autre. Les questions de famille ne le regardaient pas, il le répétait pour la centième reprise. A ces messieurs de les régler entre eux, et entre eux seuls : il était secrétaire, et pas autre chose, lui Létanche, toujours! A présent il recevait une leçon : cela lui apprendrait à se laisser aller à sa franchise au lieu de conserver ses distances, de rester dans ses attributions. Non, certes, il n'était point fait pour être l'ami d'un jeune homme riche et lancé dans la haute société comme Léopold. Celui-ci le lui avait fait sentir; il aurait pu le lui rappeler moins cruellement, mais il l'en remerciait tout de même. Chacun à sa place, il avait raison! Déjà, dans plusieurs occasions, des mots blessants, des procédés assez cavaliers, des railleries d'un goût douteux l'avaient atteint; il ne s'était pas cru le droit de bouder ou de répliquer, au nom d'une bonne camaraderie, par déférence pour M. Maxime Livers. Du moment que ces façons devenaient un système, serviteur! il rentrait dans son bureau, n'en bougerait plus. On savait ce que l'on se doit à soi-même, après tout! En attendant, il allait regagner la ville, dînerait à l'hôtel, repartirait par le prochain express.

« Je me reprocherais de manger le rôti des gens que je diffame. »

« Bonsoir, monsieur Léopold! » dit-il en soulevant son chapeau.

Son air cérémonieux arracha un éclat de rire à l'autre.

« Vous êtes grotesque, entièrement grotesque, mon pauvre Gaston! »

Toujours très guindé, Létanche riposta :

« Je vous prie de ne pas plaisanter, monsieur! »

De la terrasse, le colonel criait à son jeune ami :

« Vous amenez M. Létanche, n'est-ce pas? Nous vous attendons!

— Allons, houp, Gaston! vous entendez? ne faites pas le nigaud, la soupe va se refroidir! reprit Léopold en l'attirant par les pans de sa jaquette.

— Mais je ne veux pas, je ne veux pas! D'abord je me reprocherais de manger le rôti des gens que je diffame, suivant votre expression. Adieu! »

D'une secousse il s'échappa.

« Est-ce sérieux? interrogeait Léopold.

— Excessivement sérieux, vous le voyez! » fit Létanche en s'éloignant.

IV

Le vaguemestre vint apporter le courrier peu de temps après que les jeunes gens se furent séparés. On était à table : l'ordre fut donné au brosseur de mettre sur le guéridon du salon toute la correspondance, et le paquet attendit là, jusqu'au moment où l'on prit le café.

Le repas avait été peu animé : par son apparition, Létanche pouvait se vanter d'avoir ôté tout entrain au colonel et à sa fille, qui n'auraient cependant pas voulu encourager de leur attitude et de leur physionomie la tendance très visible de leur hôte à la mélancolie. Réjouis tous les deux, en réalité, de ne pas posséder comme convive le secrétaire, l'un tâchait d'animer la causerie; l'autre, voyant que ces essais demeuraient infructueux, pressait le service en affectant une vivacité dont elle ne se sentait guère l'envie, et Léopold ne prenait même pas la peine de cacher son air préoccupé. Il aurait eu assez déjà de l'abattement causé par la pensée de son prochain départ : voilà que d'autres soucis, imprévus quelques heures auparavant, s'y ajoutaient!

Connaissant par cœur son Létanche, il était sûr que le fourbe n'avait pas osé l'avertir entièrement de quelque chose qui se tramait, qui menaçait ses amis, pesant déjà sur leur tête. Non, ce ne serait pas la joie qu'il laisserait dans cette maison. Gaston, tant par calcul que par imprudence, obéissant au désir d'une vengeance anticipée, avait dit qu'il arrivait ou qu'il arriverait un désagrément au colonel, et Léopold n'en doutait pas. A la peine de voir cet homme intègre, si vertueux entre les hommes, frappé d'injustes contrariétés, s'ajoutait pour lui la crainte de pressentir

Le vaguemestre vint apporter le courrier.

avec trop de raison qu'il les lui devrait en partie. Ceux qui le recevaient comme leur propre fils et comme leur propre frère auraient mieux fait de ne pas l'admettre sous leur toit : lui-même eût plus sagement agi en ne s'exposant pas à des remords qui l'empliraient de honte pour les vrais coupables. Qu'avait donc fait son père là-bas? que lui avait donc inspiré l'insidieux journaliste? Car ce ne pouvait être que le résultat d'une machination due à l'erreur du premier et à ses préjugés, à la malignité perverse du second, cet événement sur lequel, exprès, Létanche avait glissé son allusion prophétique.

Le fils du député surprit un peu ses amis en décidant à la fin du repas qu'il ne partirait que le surlendemain. Il préférait ne pas paraître céder à l'effet de la visite de Gaston, espérant du même coup savoir à quoi s'en tenir avant de s'éloigner; dans le cas où ses appréhensions se réaliseraient, sa présence suffirait à affirmer combien il condamnait les odieuses menées dont l'existence lui devenait de plus en plus évidente à mesure qu'il se rappelait son dialogue de tout à l'heure avec Létanche.

Tout doucement, le vieil officier fit cette réflexion :

« Mon cher enfant, vous ne doutez point de notre plaisir si vous prolongez ici un séjour agréable à tout le monde; mais votre père a bien le droit de se trouver quelque peu privé de vous. »

A quoi Léopold, très résolu, répondit par un gros mensonge :

« Le nommé Létanche doit lui apprendre demain la date de mon retour, par conséquent... »

On passa dans le salon. M. Livers se mit à dépouiller son courrier. Léopold rôdait autour, lorgnant à la dérobée les paperasses administratives.

« Marthe, tu ne nous joues rien ce soir? dit le colonel en parcourant une lettre qu'il recommença deux ou trois fois.

« Tu ne nous joues rien? » insista-t-il avec une impatience inaccoutumée.

La jeune fille ouvrit le piano, plaqua quelques accords, partit dans une étude vive et bavarde. Après avoir offert des cigares à son jeune cousin, l'officier sortit. Ce ne fut qu'à la fin du morceau que Marthe s'aperçut de son absence. Lorsqu'il revint, elle choisissait dans des cahiers de musique, en posa un sur le pupitre et joua longtemps. Ses deux auditeurs n'échangeaient pas un mot. Elle s'aperçut qu'il était tard, cessa, pour aller s'asseoir à côté de son père : le colonel, allongé dans son fauteuil, avait l'air de dormir, ses paupières fermées et son immobilité l'auraient donné à croire; mais, sans les rouvrir, il parla brusquement :

« Savez-vous à quoi je pense? Vous vous figurez que je sommeille? Eh bien! je pense qu'il y a dans la vie, au commencement et à la fin, des choses qui se ressemblent singulièrement. Tout à l'heure j'étais avec ma maman, ma pauvre vieille maman; voilà pourquoi je restais là, sans bouger... »

Il se replaça droit sur son siège, ouvrit alors les yeux, disant :

« C'est une bizarre analogie qui m'a emmené dans toute cette rêverie. Quand on n'a plus son cœur d'autrefois, les circonstances se chargent de vous le redonner. »

Et s'adressant à Léopold, qui l'écoutait avec plus d'attention encore que Marthe :

« Ah! jeune homme, jeune homme! croyez-moi, retournez auprès de votre père, vivez avec lui, bien avec lui! »

Le colonel se mit à dépouiller son courrier.

Seule cette dernière phrase émut la jeune fille; elle posa sa tête sur l'épaule du vieil officier, et murmura :

« Papa, vous avez quelque chose ce soir, comme le soir où... »

Le souvenir de la *Sonate pathétique* s'élevait en elle. Son père ne la laissa pas préciser. Il se dégageait doucement de sa caresse et quittait le fauteuil. Debout, il leur fit signe d'écouter.

« Mes enfants, dit-il, je me rappellerai toujours certain soir où, ma mère et moi, nous causions comme nous faisons en ce moment, et environ à la même heure. Depuis que j'étais officier, nous vivions ensemble, car la pauvre femme, après avoir perdu mon père, demeurait seule au monde avec moi : il avait fallu attendre ce grade pour nous réunir, elle souhaitait ne plus me quitter, je pensais avoir le bonheur d'adoucir sa vieillesse et ses derniers jours. On croyait à la paix, sauf la peine de changer assez souvent de garnison; puisque dans ce temps-là l'existence du soldat était toute différente, nous pouvions espérer ne pas nous séparer de longtemps. Je ne songeais point à me marier, ayant résolu d'être entièrement à ma bonne mère tant qu'elle vivrait, et nous étions absolument heureux dans notre obscurité. »

Il suspendit son récit, afin de s'abandonner au déroulement en sa mémoire de cette époque dont les moindres émotions lui étaient devenues sacrées.

Auprès de lui, les deux jeunes gens ne disaient rien, intrigués confusément, mais chacun comprenant trop l'intimité de ces choses révolues pour ne pas sentir qu'une interruption profanerait le recueillement du vieil officier.

Il leur montra, sans parler, un Christ de cuivre.

Celui-ci finit par s'arracher à ses réflexions et reprit :

« Donc, nous étions assis en face l'un de l'autre, lorsqu'on sonna. On m'apportait un pli que j'ouvris avec impatience, désireux de me débarrasser tout de suite de ce qui venait importuner notre contentement à nous retrouver comme chaque soir. A peine eus-je lu, que le courage me manqua : je me mis à pleurer. Oui, mes amis, je pleurai, aujourd'hui je n'ai pas honte de l'avouer. J'avais passé bien des années au service, loin de ma pauvre vieille maman, veuve, infirme, désolée ; nous obtenions enfin la joie de vivre côte à côte, et c'était mon ordre de départ pour l'entrée en campagne que contenait ce pli. On allait faire la guerre en Crimée... Alors, ayant lu à son tour, la chère femme ne voulut pas augmenter mon chagrin de sa propre douleur. Sur la canne dont elle s'aidait pour marcher, elle se leva, me prit par la main, me conduisit devant le crucifix qui se trouvait à la tête de son lit, et là me fit promettre de partir avec toute la force d'un homme et d'un chrétien, et nous offrîmes à Dieu notre résignation. Le lendemain je m'éloignai, forcé de rejoindre en toute hâte mon nouveau régiment. Je ne revis plus ma mère : elle mourut quelques mois après. »

Léopold et Marthe l'écoutaient toujours.

Il les invita d'un geste à se lever, et, ouvrant la porte qui faisait communiquer cette pièce avec la chambre de la jeune fille, montra sans parler un Christ de cuivre torturé sur sa croix d'ébène au chevet de la couchette allongée toute blanche entre des rideaux de mousseline.

« Quand j'ai besoin de me fortifier contre moi-même, fit-il ensuite, je jette les yeux sur ce crucifix, et je me rappelle. Je ne sais s'il sera témoin de nos derniers adieux, Marthe; mais il a vu tous mes sacrifices, et quand j'ai cru qu'il n'y en aurait plus d'autres... »

Marthe se précipita dans ses bras :

« Père! père! cria-t-elle, vous nous cachiez quelque chose! »

V

« Il m'était permis de me croire assuré de finir ici ma carrière, je n'attendais plus que ma retraite au moment voulu, j'aimais ce pays, j'avais acheté cette petite maison pour y passer en paix mes derniers jours. Je vivais heureux avec ma chère fille, comme je vivais jadis avec ma mère, dans la même tranquillité, dans le même charme. J'étais un assez vieux serviteur pour que l'on me laissât ici; mais le soldat ne doit compter sur rien, si ce n'est sur sa peine tant qu'il est soldat; il ne doit espérer rien, si ce n'est l'occasion de se résigner, jusqu'à la limite extrême. Un ami m'écrit officieusement que je recevrai demain l'ordre de mon changement : on m'envoie en Algérie, il faut tout quitter. Eh bien, je quitterai tout, même ma fille; car c'est dans le plus mauvais trou que l'on m'expédie...

— Père, vous n'irez pas seul!

— Nous verrons plus tard, mais la saison où nous sommes ne me permet pas de t'emmener. Comment ferons-nous, je n'en sais rien, puisque d'un autre côté je ne puis te laisser seule ici, en pleine campagne, dans un endroit aussi écarté, avec une servante pour toute compagnie. De plus, j'avoue ma faiblesse, je m'étais accoutumé à croire que je ne m'éloignerais plus de notre chère maisonnette. Remarquez, mes pauvres enfants, combien étrange est la nature humaine! Si j'étais obligé de partir pour une guerre, je n'éprouverais pas la même déception cruelle. Ce pli aurait été un ordre de mobilisation nous appelant à la frontière, sans dire adieu gaiement à Marthe, bien entendu, mes sentiments seraient tout autres, et pourtant, aller où l'on m'envoie fait aussi bien partie de mes devoirs. Ce qui nous prouve, Léopold, que le métier exige des combats de toute espèce, une obéissance en tout ordre d'idées; que ce ne sont pas les abnégations les plus communes qui coûtent le moins; que le véritable et parfait *esprit militaire,* enfin, consiste moins au fond dans l'enthousiasme pour les tâches périlleuses que dans l'acceptation de tout ce que les conditions de notre état entraînent avec elles, dans l'accoutumance volontaire à une discipline morale pour les choses courantes. Tout le monde se bat bien, mon ami, tout le monde ne fait pas bien son service. Au propre, et contre l'ennemi, tout le monde met gaillardement le sabre à la main; au figuré, et dans les victoires qu'il s'agit de remporter sur soi-même, tout le monde ne le met pas avec la même bravoure. Le vrai soldat possède au même degré ces deux courages. »

Le jeune homme connaissait à présent quelle vengeance on avait exercée contre son parent. L'éloigner des lieux où il se plaisait, l'envoyer passer ses dernières années de service dans un poste perdu loin de son pays, le forcer à se refaire de nouvelles habitudes, chercher tout ce qui pourrait lui être le plus désagréable et le plus pénible, tout cela sans nécessité aucune, puisqu'il y en avait tant d'autres que lui entre lesquels on avait le choix, voilà à quoi les susceptibilités envieuses d'un méchant petit individu venaient de réussir. L'aveuglement du député s'était laissé conduire par la sournoiserie de son infime collaborateur, et c'était, hélas! souvent ainsi dans l'armée aujourd'hui : des civils quelconques disposaient par la politique des destinées d'une foule de gens de mérite, dont tout le tort était de servir leur pays selon les principes du dévouement le plus absolu, de l'équité la plus stricte, et en dehors des agitations de l'égoïsme qui prédomine partout.

S'il l'avait pu, Léopold eût demandé pardon pour son père, pour ceux en qui cet homme, moins mauvais que faible, plaçait sa confiance. La

Le colonel conduisit lui-même le voyageur à la gare.

honte redoutée lui était infligée; ses amis ne se plaignaient pas, n'accusaient personne: ils se contentaient de souffrir, et par qui souffraient-ils? par lui-même, par les siens.

Cette idée empêcha le jeune Livers de dormir : il se promenait de grand matin dans le jardin, quand il vit le colonel monter à cheval pour se rendre à la ville. Une heure plus tard Marthe apparut, avec sa chèvre blanche, la belle Biquette, qui folâtrait à ses côtés; ce tableau charmant attrista davantage Léopold. Combien de temps encore la petite maison serait-elle ainsi animée et souriante!

Dans la soirée, le marteau de la porte d'entrée retentit. On apportait une dépêche pour le Parisien : ce dernier avait passé son après-midi dans les bois; il revenait tout juste, ayant préféré éviter la présence de sa cousine dès la fin du déjeuner, auquel avait pris part le colonel, comme chaque jour depuis que le blessé avait pu sortir de sa chambre. Le télégramme portait :

« Père subitement très mal. Venez vite.

« GASTON. »

Le train passait dans une heure. Plein d'émoi, la tête complètement perdue, Léopold boucla sa valise, fit ses adieux à tout le monde; l'alezan fut mis à la charrette anglaise, et le colonel conduisit lui-même le voyageur à la gare.

Dès le lendemain, la petite habitation du bord du bois fut silencieuse pour la première fois depuis bien des semaines.

Décidément, le malheur était partout.

VI

Un illustre prédicateur, le R. P. de Ravignan, a dit :

« ... Il y a cette loi, dans les desseins miséricordieux du Seigneur, qu'ici-bas jamais nous n'avons le repos. Nous marchons, nous marchons toujours, et toujours il faut passer par l'épreuve. L'épreuve! oui, elle nous est nécessaire! Si les jouissances, les plaisirs, nous étaient prodigués; si nous ne rencontrions jamais ni déceptions ni mécomptes, hélas! notre cœur vous aurait bien vite oublié, ô mon Dieu! A nous voir, à nous entendre, croirait-on que nous sommes destinés aux cieux, à leur béatitude, à leur félicité sans bornes? Tout, dans l'énergie de notre intelligence, comme dans l'élan de notre cœur, tend à la terre, à la vie présente, à ses douceurs trompeuses, et cependant elles ne nous rendent pas heureux.

« ... Ne donnez votre cœur qu'aux affections que Dieu seul inspire et qu'il sanctifie. Et si quelque chose vous retenait injustement lié aux biens de la terre, si la fascination des plaisirs obscurcissait pour vous la vue de la vérité, priez jusqu'à ce que vous obteniez de juger les choses comme Dieu les voit et les juge. »

En l'absence de son père, qui avait dû passer toute la journée au quartier, Marthe peut à son aise envisager les deux motifs de tristesse et d'affliction qui viennent de lui être imposés depuis la veille : ce départ, ruine de tous leurs projets, et le deuil prochain pour lequel leur jeune parent était tout d'un coup désigné.

D'autres eussent abandonné leur esprit au dégoût, à la défaillance, et se fussent réfugiés dans une inertie dont l'accablement même semble être la dernière ressource contre l'adversité. Elle, au contraire, pénétrée de la sainteté de l'épreuve, croit moins que jamais devoir interrompre pour cela ses tâches quotidiennes, et son activité ne s'en ralentit pas. Elle sait qu'elle n'a donné son cœur « qu'aux affections que Dieu seul inspire et qu'il sanctifie »; si elle est à cette heure précisément éprouvée dans ces affections, elle leur doit de résister aux faiblesses d'une douleur qui l'inclinerait sans l'ennoblir : ce qu'elle ressent, elle le supporte avec l'assurance que moins de courage dénoterait en elle moins d'attachement pour les deux êtres qui souffrent tout les premiers si cruellement.

Ces deux nouvelles, apprises en même temps, l'ont bouleversée, la consternent aujourd'hui encore plus qu'hier à cause du travail de la réflexion suggérant ses mille conjectures, ses mille prévisions, par séries dont le détail et la netteté torturent mieux que l'étourdissement du début. Mais elle n'est pas abattue. Sa consternation emprunte pour la torturer tous les éléments de cette sensibilité jeune et charmante, de cette intelligence cultivée et respectée avec soin, dont le prix inestimable rend inestimable aussi la vivacité de son chagrin. Mais elle n'a pas d'injustes désespoirs.

C'est d'un pas tranquille, de son pas habituel, qu'elle vient et va, passant d'une pièce dans une autre en se livrant à ses menus travaux. Chaque chose, auprès d'elle, est devenue un sujet de pitié à l'idée du changement qui va s'opérer ici; mais ne songe-t-elle pas à un autre changement près de s'accomplir ailleurs, accompli peut-être et digne d'une autre pitié? L'air toujours souriant, toujours modeste, toujours aimable, de leur petit intérieur, l'attendrit : rien n'y semble se douter que l'on s'en ira, que les volets seront clos, comme des paupières; que les appartements n'auront plus ni voix ni mouvement, comme un corps sans âme. Cependant, ce qu'ils abandonneront vivants, unis sans cesse, s'aimant encore, son père et elle, un autre père, là-bas, va le quitter, couché dans le sommeil dernier. Léopold est plus à plaindre qu'eux. Il tarde à la jeune fille de savoir : le colonel devra rapporter une dépêche de la ville, Léopold a promis de lui télégraphier au quartier même.

Dans le débat de ces angoisses, Marthe aurait trouvé le temps plus long qu'à l'ordinaire, cette journée lui eût paru interminable, si elle avait été réellement seule, toute seule. *Elle n'était pas seule,* elle ne le fut pas un instant, ni dans sa chambre, où d'abord elle médita devant le Christ du sacrifice; ni au jardin, où elle continua ses pensées en soignant ses chères fleurs, pour lesquelles maintenant elle n'avait plus beaucoup de jours à prodiguer ses dernières sollicitudes; ni dans le petit salon, où elle s'installa ensuite comme d'habitude devant sa table à ouvrage. Car, ici et là, partout, elle avait avec elle la prière.

Des peines qui peuvent prendre en nous la forme et l'élan de la piété, si dures soient-elles, si déchirantes qu'elles se fassent, relèvent et exaltent notre nature au milieu de l'autre nature prête à nous écraser sans cela. Le soldat qui a son sabre avec lui, alors même qu'aucun compagnon ne serait à ses côtés, n'est pas seul. De même celui qui a la prière. L'un et l'autre peuvent passer, semblables, au travers des surprises de ce monde : l'un le sabre à la main, l'autre l'oraison aux lèvres; quelle autre force veulent-ils, que ce glaive des justices ou cette flamme d'amour?

L'âme de Marthe en ce moment, c'était la chapelle sur le sommet de la montagne, dans son manteau d'incendie aux nues brodées de feux douloureux. Sa prière, c'était la croix qui surmonte le petit édifice au fond duquel l'Immaculée ouvre les bras sur toute notre souffrance.

Une terreur l'aborda soudain : depuis qu'elle s'était assise dans le petit salon, la fille du colonel Livers ne méditait plus que sur la mort probable du député, sur cette agonie et sur cette fin d'un homme qu'elle s'imaginait facilement indifférent aux intérêts de l'âme, d'après ce qu'elle avait cru comprendre. Comme s'il n'était pas assez cruel pour Léopold de perdre son père, il faudrait encore qu'il assistât, lui plein de foi, lui touché de la grâce, à des affres suprêmes dont la suprême consolation serait sans doute exclue. Car avec ses opinions, le genre de vie qu'il avait menée, son entourage, les convenances de parti auxquelles les autres accordent plus d'importance qu'à vous-même, l'homme de politique et d'affaires resterait privé des secours de la religion, elle en avait le pressentiment, en dépit des instances de son fils. Peut-être avait-il expiré, seul, avant l'arrivée de celui-ci, entre son secrétaire et son valet de chambre.

Et devant les regrets impuissants du jeune homme, qui ne manquerait pas de se reprocher son retard, devant ses redoutables anxiétés pour l'au delà qu'aurait franchi le défunt sans la bénédiction de l'Église, elle s'écriait en elle-même comme sainte Thérèse :

« O mon Dieu! mon Dieu! quel inexprimable tourment j'éprouve lorsque je considère ce qui doit se passer dans une âme qui, après avoir été toujours ici-bas aimée, servie, estimée, fêtée, comprend, en exhalant son dernier soupir, qu'elle est perdue pour jamais et que son malheur n'aura point de terme! Quel effroyable moment pour cette pauvre âme! »

Elle se disait, se rappelant ce passage qui l'avait frappée dans le livre d'heures dont sa mère, morte aussi, mais non perdue, faisait jadis son entretien favori :

« Tout à coup lui apparaissent ces vérités de la foi, dont elle ne peut plus, comme naguère, détourner ses regards. Elle se sent enlevée sans retour à des plaisirs qu'il lui semble, et avec juste raison, n'avoir qu'effleurés. Elle se voit avec horreur entourée de cette société hideuse et sans entrailles, avec laquelle elle est condamnée à vivre toute une éternité. Elle entre enfin, et pour toujours, dans cette obscurité lamentable où son œil ne peut découvrir que ce qui augmente sa peine et son supplice. O Seigneur! qui donc a mis ce voile si épais sur les yeux de cette créature infortunée, qu'elle n'ait compris le sort qui l'attendait qu'au moment où il devient irrévocable, et où elle se voit précipitée dans l'abîme? O Seigneur, qui donc a fermé ses oreilles, qu'elle n'ait point entendu ce qu'on lui avait tant de fois répété sur la grandeur de ces tourments et leur éternelle durée? »

La jeune fille, en proie à la ferveur de ces terribles inquiétudes qui bouillonnaient, pour ainsi dire, en un torrent de supplications jusqu'à sa bouche, avait mis de côté son ouvrage, et, inspirée par les paroles de la glorieuse carmélite d'Avila, elle répétait, les yeux au ciel :

« O mon Dieu! ayez pitié de ceux qui n'ont pas pitié d'eux-mêmes; et puisque, dans l'excès de leur aveuglement, ils ne veulent point aller à vous, venez vous-même à eux. Lazare ne vous demanda point de le ressusciter, vous avez fait ce miracle en faveur d'une femme pécheresse. Vous en voyez une à vos pieds plus pécheresse encore. Seigneur, écoutez aussi sa prière, faites resplendir votre miséricorde, ressuscitez ces morts; qu'à la puissance de votre verbe ils sortent du sépulcre de leurs plaisirs funestes. Souvenez-vous, mon Dieu, d'une si extrême misère : je vous le demande pour eux, qui ne veulent pas vous le demander! »

Elle continua longtemps ainsi, intercédant pour sauver de la mort éternelle le père de celui qu'elle aimait.

Peu à peu son agitation se dissipa : telle la surface d'un océan qu'une tempête noire martyrise, et dont les vagues ne sont plus bientôt que de longues rides, amples et larges, s'en allant mourir au loin, de plus en plus loin, puis cessant.

Alors, comme le soleil se couchait derrière les branches, une grande paix se fit dans son esprit, une paix que toutes les douleurs imaginables n'auraient pas pu empêcher de se faire en elle.

Oui, la prière est la meilleure des compagnes.

Les âmes pieuses ne sont jamais seules.

Elle avait auprès d'elle ce qui rassure, elle s'y confiait; cette paix lui présagea confusément ce qu'elle ignorait encore.

Le soleil disparaissait de la terre dans une auréole d'espérance au milieu de la tristesse des crépuscules, non comme une menace de nuit sans fin.

A la même heure, l'agonie cessait. Léopold tomba à genoux.

Sans le savoir, Marthe de loin l'avait assisté. Lui non plus ne s'était pas trouvé seul en face de la mort, au chevet de cet être cher.

Car il est écrit :

Le Seigneur est près de tous ceux qui l'invoquent, qui l'invoquent dans la vérité. Il accomplira la volonté de ceux qui le craignent; il exaucera leurs prières; il leur donnera le salut.

VII

La chambre de M. Maxime Livers, dans ce vaste hôtel du boulevard Péreire, eût fort étonné un étranger par ses dimensions exiguës et par son mobilier assez réduit.

On eût dit que le député avait exprès choisi la pièce la plus petite, la moins commode de toute l'habitation.

Située au rez-de-chaussée, elle était d'une hauteur de muraille considérable, paraissant encore davantage élevée à cause de son étroitesse. Elle était froide en outre, avec sa tapisserie d'un gris blanc tout uni, ses boiseries grises; elle n'avait pour tout caractère que l'absence même de caractère : rien de personnel, rien d'intime. On n'y entrait que pour dormir, on en sortait aussitôt que l'on avait fini de dormir; on ne s'y plaisait pas, on ne voulait pas s'y plaire.

Le lit, massif, d'ébène très simple, ne possédait point de rideaux. Le parquet se passait de tapis. L'unique glace, sur la cheminée, était tout ce qu'il y a de plus banal. Deux chaises en ébène, recouvertes d'un velours rouge très foncé, une table ovale avec dessus de marbre blanc, une étagère contenant quelques volumes à lire en attendant le sommeil, constituaient le reste de l'ameublement. Tout cela donnait à croire que l'on se trouvait plutôt dans une chambre de garni. Mais l'existence du propriétaire n'avait jamais fait que camper là, pour quelques heures seulement : elle était tout au dehors ou dans le cabinet de travail.

Après qu'on l'eut rapporté, évanoui, de son coupé, où une espèce de congestion (les médecins ne se prononcèrent pas tout d'abord) l'avait frappé tandis qu'il revenait d'une séance de la commission des finances au Palais-Bourbon, M. Maxime Livers, couché dans cette pièce anonyme et soigné par un valet de chambre, avait l'air de n'être pas chez lui. Son domestique, son secrétaire qui accourut aussitôt de l'endroit où il travaillait au premier étage, le médecin auquel immédiatement on avait téléphoné, paraissaient être beaucoup plus chez eux.

On le rapporta évanoui de son coupé.

La syncope fut longue. Le malade n'en valait guère mieux lorsqu'il en sortit, et le docteur demanda qu'on lui adjoignît en consultation deux de ses collègues qu'il désigna. Létanche envoya le télégramme qui rappelait Léopold, à l'issue de cette conférence entre les trois illustres confrères, lesquels n'omirent pas de rédiger un bulletin, étant les uns et les autres gens à se priver peu volontiers de faire circuler leurs signatures dans les journaux. En effet, les feuilles du soir insérèrent un entrefilet sur l'accident survenu au « sympathique député », sans oublier le fameux bulletin : ce dernier laissait peu d'espoir.

Jusqu'à la nuit il y eut du monde qui défila devant le registre où l'on s'inscrivait en s'informant de l'état du malade.

La porte cochère restait entr'ouverte, comme pour une sortie déjà, celle que l'on prévoyait.

Des messieurs graves, en noir, descendaient par groupes de trois ou de quatre les degrés du perron, gardant leur mine gourmée et fanée de parlementaires, en qui l'on retrouve trop aisément l'avocaillon de province ou l'ancien pharmacien du chef-lieu de canton. D'autres, plus importants, la rosette ou le ruban au revers de la redingote, faisaient le vide sur leur passage, se contentant de soulever leur chapeau, d'une politesse hâtive en leur qualité de premiers sujets de la troupe politique. Quand quelques-uns de ceux-là étaient signalés, Létanche donnait de sa personne : pour le menu fretin, il le confiait au valet de pied ou au concierge.

Le milieu de la rue, devant l'hôtel, avait été garni de paille, afin d'étouffer le roulement des voitures, et les passants jetaient des regards respectueux, d'une légère envie même, tant la bêtise humaine est grande, sur cette demeure du riche, en se tenant l'inévitable propos :

« Y en a-t-il qui ont de la chance! Ce n'est pas pour nous qu'on en ferait autant! »

Certains d'entre eux, étrangers au quartier, s'arrêtaient, interrogeant pour connaître quel gros personnage habitait là dedans.

Gaston était affolé; mais, chez lui, il en était de l'affolement comme de la sincérité : cela ne le prenait qu'à moitié, ne l'empêchait pas de rester comédien, ne contribuait qu'à exagérer ses tics. Il se sentait pour l'instant considérable dans l'hôtel, et posait, quoique désolé au fond. Cet être bizarre trouva le moyen de se dévouer entièrement au chevet de son patron sans perdre une seule minute ses défauts de subalterne rusé, hâbleur, quinteux et perfide. Il passa toute la nuit sur une des chaises, en alerte au moindre souffle, au moindre tressaillement : M. Livers n'avait de connaissance que de temps à autre, incapable de se faire comprendre; son secrétaire parvenait seul à le deviner parfois.

Vers le milieu de la nuit, le député, qui n'avait pu encore prononcer une parole intelligible, s'agita et parut vouloir dire quelques mots.

Létanche se pencha, essayant de saisir. Le malade fit en vain plusieurs efforts pour s'exprimer. Son insistance, la détresse de son visage, montraient qu'il y attachait une importance extraordinaire; le sentiment de ne pouvoir y arriver, sans doute la crainte de mourir avant, mettait tout un drame, un drame poignant, sur cette pauvre face. L'intelligence se débattait désespérément, la volonté fit une tentative surhumaine. A la fin, il réussit, articula deux ou trois syllabes. Gaston se redressa, n'en pouvant croire ses oreilles. Et la pauvre face implorait, tellement anxieuse, tellement apeurée! Les syllabes furent répétées; ensuite M. Livers retomba dans une atonie complète, redevenu indifférent à tout. Mais son confident avait toujours présente à l'esprit l'angoisse de sa physionomie, marquée d'un désir dévorant, d'un effroi indicible.

Il s'éloigna un peu du lit, réfléchissant.

« Un prêtre!... un prêtre!... Oui, mais est-ce que je peux? A quoi bon maintenant! et si on venait à le savoir! Me voilà sans position, demain, moi! C'est me fermer toutes les portes de ses amis, si je laisse venir un prêtre! Léopold serait ici, moi je m'en laverais les mains... Quel scandale, quand on apprendrait... lui,... un pur,... un des adversaires les plus actifs et les plus en vue du cléricalisme!... Non, non, ça ne se peut pas!... Et puis je ne tiens pas à être sur le pavé: on me le reprocherait toujours. D'ailleurs il s'affaiblit... Je peux certainement, dans son groupe, trouver avant une semaine, parmi ceux qui fréquentaient ici, la même place, sinon quelque chose de mieux encore, et j'irais me compromettre... Plus souvent! Il ne se rappellera plus, il n'y songera plus, le malheureux!... Attendons Léopold! »

Mais cette énormité, pour un républicain farouche comme le patron, de demander un prêtre, le désorientait. Cela produisait en lui l'effet d'un cataclysme.

Qu'avaient-ils donc aperçu *au delà,* ces yeux déjà ternes qui le suppliaient?...

Il en eut un frisson, et n'osa plus d'un grand quart d'heure regarder le mourant.

La peur le prenait, en les fixant, d'entrevoir à son tour...

Ah! l'homme terrible, l'esprit fort, le lutteur moderne frotté de tous les sophismes, équipé de toutes les railleries et de tous les désabusements, oint de toutes les incrédulités, armé de tous les paradoxes, — il en tremblait tout de même, le lutteur moderne!

Pour un peu, il se fût sauvé de cette chambre ; une panique le détraquait, et il appela, sous prétexte de demander un verre d'eau.

Jamais le jour ne se lèverait, jamais Léopold n'arriverait.

A vrai dire, malgré ses répugnances personnelles, Létanche se fût

La grande paix plana entre le vieillard et le jeune homme qui pleurait.

incliné devant le souhait de l'agonisant, eût couru lui-même sur-le-champ querir ce prêtre demandé avec tant d'ardeur ; mais il n'était pas sûr de ne pas être espionné ; on ne savait pas quelle surveillance occulte il pouvait y avoir sur la maison, quelles jalousies inquiètes des principes rôdaient autour, isolant ce futur cadavre pour empêcher ce qui y demeurait encore de l'homme d'abjurer l'athéisme de son passé. On craignait par-dessus tout ces exemples de gens en vue et constants dans leur irréligion jusqu'à l'heure où, face à face avec la Vérité, ils reculaient d'épouvante, criaient derrière eux, sur le seuil de l'éternel où ils allaient s'engouffrer, qu'ils s'étaient trompés toute leur vie, qu'on ne fît point comme eux, qu'on n'attendît pas le dernier moment pour confesser la foi en Dieu.

Ce pauvre diable d'esprit fort, ce triste indépendant, ne se sentait pas libre de déférer à la soif de pardon qui brûlait le moribond jusque dans l'anéantissement du coma. Le despotisme des associations républicaines était joliment plus pesant et plus vindicatif que la prétendue tyrannie des robes noires. Ou le député Livers expirerait ainsi, en libre penseur (!), ou son secrétaire, qui lui aurait fourni les moyens de finir en chrétien, s'attirerait pour le reste de sa carrière la haine de tous ces prôneurs de liberté. Et, dame! il ne faisait pas bon se les mettre à dos, les philanthropes patentés de la troisième république! Leur belle intelligence de commis voyageurs se compliquait d'une rancune de sectaires, au dédain de laquelle les timides ne se risquaient point.

Tout en questionnant Gaston, précipitamment, à la volée, comme cela lui venait, Léopold vit bien que l'autre tournait autour de quelque chose qu'il ne disait pas.

M. Livers s'était un peu réveillé de sa torpeur : les médecins affirmaient qu'il ne passerait pas la journée. Cependant quelque lucidité se faisait, semblait-il, chez le malheureux homme : l'ultime lumière de cette terre avant l'éblouissement du ciel. Les deux jeunes gens causant à voix basse au pied du lit, le cousin de Marthe murmura :

« Personne ne lui a parlé d'un prêtre? »

Létanche fit signe que non, hésita encore; mais il aperçut *les yeux*, et détournant soudain la tête :

« Je crois, oui, je crois, balbutia-t-il, qu'il a demandé à en voir un. »

Alors Léopold lui dit vivement :

« Allez à côté, dans la bibliothèque; vous amènerez la personne que vous trouverez. J'y ai pensé, on vient de me prévenir, le prêtre est là. »

Létanche sortit, quelqu'un entra; le jeune Livers se retira à son tour pendant quelques secondes. On le rappela, le sacrement de l'extrême-onction fut administré.

M. Livers tenait la main de son fils, il s'éteignait lentement. Le soleil baissa, un voile doux s'étendit sur *les yeux,* et la grande paix que Marthe sentait en elle dans le même instant plana entre le vieillard et le jeune homme, qui pleurait.

VIII

On n'avait pas encore eu le temps de faire la chapelle ardente. La bière, en attendant, était sur quatre chaises, allongeant son épaisse silhouette de chêne ciré où des cachets de cire rouge, tout frais, faisaient des taches.

Le commissaire de police, qui s'était attardé dans l'antichambre à feuilleter le registre pendant que l'on achevait de sceller le triple cercueil, venait de sortir. Il ne restait plus sur la chaussée du boulevard que quelques brins de paille, et devant la porte cochère stationnait déjà une des longues voitures vertes des pompes funèbres. Des employés d'un fleuriste traversaient la cour, apportant dans des mannes des bottes de roses et d'œillets, de camélias, d'héliotropes.

Le colonel Livers s'avança sur la pointe du pied, resta devant la bière, le front incliné.

En prenant le rameau de buis qui trempait dans une petite coupe d'agate contenant de l'eau bénite, il découvrit le visage d'une femme en deuil prosternée, les mains au dossier de l'une des chaises.

La femme fit un mouvement, il la reconnut : c'était la vieille demoiselle Mauguin.

Celle-ci se remit sur ses jambes, ne bougea plus ; tous les deux vis-à-vis l'un de l'autre, de chaque côté du cercueil, regardaient le couvercle. Le mort était entre eux, mais ils revirent aussi un autre mort qui les séparait. Aucun des deux ne savait au juste ce qu'il allait faire. Cependant leurs regards de l'un à l'autre à présent, et de nouveau sur ce couvercle, dirent clairement qu'à la place du député, sous de pareilles planches de chêne ciré, il ne s'en était fallu que de bien peu, ailleurs... Oui, le père de Marthe aurait pu être étendu ainsi, tué par un lâche, par le neveu de cette pauvre vieille fille toute tremblante et près de défaillir. Voilà ce qu'avouaient surtout les petites prunelles bleues de Mlle Mauguin, dans le désordre de ses cheveux gris, dont une mèche sur sa joue creuse demeurait collée par la rigole d'une larme qui s'étalait. Et l'officier, en présence du corps, éprouvait une immense commisération pour l'autre aussi, auquel il avait pardonné : voilà ce que la cousine Sensitive lut dans la tristesse songeuse du colonel.

D'un commun accord, ils se retirèrent.

La bibliothèque, déserte, qu'ils traversaient sans bruit avec ce simple frôlement des gens dans une maison où il vient de se produire un décès, leur parut l'endroit propice où ils retrouveraient le courage de se parler.

« Nous oublierons, n'est-ce pas? Ah! dites-moi que nous oublierons! gémit la malheureuse Sensitive.

— Marthe vous aime bien, répondit le colonel Livers, et moi, comme elle, je vous aime bien! »

De son allure de souris qui perd la tête, Mlle Mauguin évoluait de droite et de gauche, allant tantôt à un bout, tantôt à l'autre, de la bibliothèque, en froissant de ses petites mains sèches les manches de son corsage.

Elle chuchota :

« Je n'ai pas pu être juste, je ne pouvais pas vous croire charitable, après!... Je disais que vous me l'aviez tué, mon pauvre Albert; oui, je l'ai dit, et c'est lui qui a voulu vous... »

Son parent la forçait de s'asseoir, de se taire; il ne fallait pas qu'elle achevât, il souffrait trop de l'entendre, elle, prononcer une pareille phrase. Désormais il ne leur appartenait plus de rappeler ces choses. Ce n'était même plus pour eux une situation pénible qui les gênât à jamais : la peine devait les réunir au contraire. Qu'il ne fût plus question, par conséquent, ni de justice ni de charité, mais uniquement d'affection. Cette rencontre autour de la bière leur était un enseignement : les jours nombreux leur manquaient à présent, ils s'accorderaient l'amicale tendresse des vieilles

Le colonel Livers resta devant la bière, le front incliné.

gens que la vie éprouva et qui s'estiment, sachant quel fardeau ils ont eu à porter.

« Je pars la semaine prochaine, disait l'officier : il faut que je rejoigne mon nouveau poste. Qui sait quand nous nous reverrons! qui sait encore si l'Algérie ne gardera pas mes vieux os! Marthe n'a plus d'autre parent que vous. Pour avoir été victimes, tous, d'événements affreux, n'oserons-nous plus nous rappeler que nous sommes de la même famille! La crainte de ce souvenir n'est pas un lien; mais le désir de se soulager mutuellement de tant de regrets en est un, et un bien fort à notre âge.

— Je n'ai pas beaucoup l'esprit à moi, interrompit tristement Léopold, qui était entré sur ces derniers mots. Mais si vous vouliez tous les deux adoucir pour moi cette misère où je me traîne, cette misère de survivre après des morts comme celle-ci... »

Il venait pour chercher quelque chose et ne savait plus quoi.

« Ah! et puis, fit-il, je vous reparlerai de ça plus tard, un peu plus tard! »

Il disparut.

« Qu'a-t-il voulu dire? » interrogea Mlle Mauguin.

Son parent répondit :

« Je crois m'en douter, mais nous attendrons qu'il s'explique lui-même. »

La vieille fille, surprise d'abord et en quête intérieurement de l'interprétation de ce mystère, s'écria tout à coup :

« Il a voulu dire que si vous aimiez mieux ne pas emmener Marthe avec vous, au moins tout de suite, je pourrais toujours lui tenir compagnie...

— Comme vous êtes bonne! »

Sensitive était aussi tremblante que tout à l'heure, d'une surexcitation qui semblait électriser toute sa mince personne à cet éloge. Confuse, heureuse, attendrie, énervée, elle s'enfuit précipitamment.

Le colonel s'apprêtait à retrouver Léopold, lorsqu'une curiosité machinale le fit se pencher sur la longue table chargée de papiers.

Une lettre avec l'en-tête du cabinet du ministre de la guerre et la mention « confidentielle » traînait là. Il lui vint l'intuition qu'il s'agissait de lui dedans, qu'on y annonçait au député la suite donnée à ses démarches, l'envoi du colonel en Afrique. Il ramassa le document sans le lire, et, distrait, le tenait toujours dans la main quand on l'appela. C'était le secrétaire qui avait besoin d'un conseil et attendait à quelques pas en arrière.

L'officier lui tendit la lettre en disant :

« Vous feriez peut-être bien de brûler ceci, monsieur. Il est inutile que Léopold en ait connaissance ! »

IX

Gaston Létanche trouva une autre place de secrétaire chez un des collègues du défunt. Léopold et lui se dirent adieu sans trop de froideur, et l'hôtel du boulevard Péreire fut laissé à la garde des domestiques.

Le jeune Livers avait fait sa demande pour reprendre du service : Gaston s'était multiplié partout afin de réparer sa sottise, en obtenant que son ancien camarade pût suivre en Algérie le père de Marthe.

Les habitants de la maisonnette virent un jour débarquer un beau sous-officier de chasseurs d'Afrique, qui ne fut pas peu ravi de rencontrer là, déjà installée, déjà très engagée d'amitié avec Biquette, la vieille demoiselle Mauguin.

L'époque à laquelle Marthe rejoindrait le colonel n'était pas encore fixée ; en attendant, elle aurait la société de la bonne Sensitive, qui avait amené avec

On vit s'avancer un beau sous-officier de chasseurs d'Afrique.

elle un vieux serviteur rechigné, mais d'une fidélité à toute épreuve, répondant au nom peu harmonieux, quoique par hasard bien donné, de Rebuffat.

Quand Marthe partirait pour l'Algérie, Mlle Mauguin s'offrait à garder la résidence, où l'on reviendrait tous le plus tôt que l'on pourrait.

Rebuffat et la servante grondeuse, qui promettaient de s'appareiller admirablement, entretiendraient ce petit paradis. Il n'y aurait presque rien de changé.

On n'avait plus qu'à souhaiter un mariage, celui des deux enfants vers lesquels la Vierge des pâtres avait ouvert les bras.

Comme chacun, dans la réunion dernière, se sentait le courage de faire son devoir, personne ne songea à se plaindre.

Ils étaient de ceux qui croient, ils seraient de ceux qui triomphent.

FIN

27967. — Tours, impr. Mame.

www.ingramcontent.com/pod-product-compliance
Ingram Content Group UK Ltd.
Pitfield, Milton Keynes, MK11 3LW, UK
UKHW020147200726
13856UKWH00003B/880